二十四节气

词鉴

邵泽华 · 著

中国经济出版社
CHINA ECONOMIC PUBLISHING HOUSE
· 北 京 ·

图书在版编目（CIP）数据

二十四节气词鉴／邵泽华著．--北京：中国经济出版社，2023.6

ISBN 978-7-5136-7321-1

Ⅰ.①二… Ⅱ.①邵… Ⅲ.①词（文学）-作品集-中国-当代 Ⅳ.①I227.8

中国国家版本馆CIP数据核字（2023）第098129号

责任编辑　张利影
责任印制　马小宾
封面设计　任燕飞

出版发行　中国经济出版社
印 刷 者　北京艾普海德印刷有限公司
经 销 者　各地新华书店
开　　本　880mm×1230mm　1/32
印　　张　8
字　　数　180千字
版　　次　2023年6月第1版
印　　次　2023年6月第1次
定　　价　98.00元
广告经营许可证　京西工商广字第8179号

中国经济出版社 **网址** www.economyph.com **社址** 北京市东城区安定门外大街58号 **邮编** 100011
本版图书如存在印装质量问题，请与本社销售中心联系调换（联系电话：010-57512564）

序

《黄帝内经》有云：“五日谓之候，三候谓之气，六气谓之时，四时谓之岁。”故而一岁可以为四时，可以为二十四气，可以为七十二候也。其时三分，谓之周月，以二气为节，曰孟、仲、季，故又云：二十四节气。

有问缘何？曰：慧观也。观，鱼虫禽兽之象，草木竹石之象，云雨雷霆之象，日月星辰之象。慧，而得时岁之分，节气之律，天候之别。

再问用何？曰：农者也，修者也。知其律，行其顺，耕以丰收，养以天年者也。

瑰兮，珍兮，此二十四气，可谓泽溉万世矣！其始于精微，而跨越天地，涵诗律之工整，携词韵之俊逸。美哉，妙哉，承千年而未改一字，此炼之金纯，难有出其右者矣！

今有后人，以词画景，借二十四气之灵，邀繁花百草入卷。一传天文地理之律，二广众卉群芳之菲，三扬诗词格调之雅，四倡吟咏赏析之规。

缘源则生，乘荫而沃。前人树木，方有其荫，得承其惠，故沃而不使其竭。后人得二十四气之惠，遂解其表，析其象，别其天时，鉴其地质，言简而传，以望沃之。

挥墨添香，分华倍悦。神州袤远，花草万千，固有熟闻之名卉，亦存未显之隐香。然花草者，其馥不减于嗅者众，其貌不扬于观者稀。是以，何不描于图画，绘于细文，共赏其华，但增悦者？

感时而咏，邀月而吟。悠悠明月，灼灼其辉，其时乃易，其韵长清。悠悠明月，何去何归，携此新作，与古人声。悠悠明月，何去何归，记此格律，与后人声。

循道以行，正名而规。今繁有吟者善于诵，析者善于度。然鲜有咏者，赏者，哀也。其人以诵为吟咏，以度为赏析，谬也。须知：诵其作曰吟，歌其作曰咏，赞其作曰赏，度其作曰析。是故，吟者诵其格，咏者歌其调，析者度其故，赏者赞其妙也。

合此数者，可谓宣先贤绝智，弘往圣遗德矣！

邵汉舒

前言

我们生活在神州大地上，脚下是我们爱得深沉的土地，这片大地之上有二十四个节气。你知道，节气有多美吗？

“春雨惊春清谷天，夏满芒夏暑相连。秋处露秋寒霜降，冬雪雪冬小大寒。”二十四节气反映了气温、降水、天象和物候在四季中的变化，不仅对农业生产具有指导意义，在人们日常生活中也发挥了重要作用，至今仍在影响并指导着人们的生产和生活。

二十四节气是中华民族智慧的结晶，是中国传统农耕文化的精华，是我们应当继承和发扬的优秀传统文化，更受世界认可，于2016年被列入联合国教科文组织人类非物质文化遗产代表作名录。

二十四节气中的景象，仿佛一幅幅山水画，给人美的享受和无穷的想象空间。节气的独特之美佐以中华民族的另一文化瑰宝——古诗词，更是韵悠悠，意无穷。本书以“二十四节气”为主题，以词为载体贯穿歌咏，并借以不同的词牌贴合节气的典型特征，描摹万物随着节气变化产生的多样性；所用词谱音韵依据唐宋名家体例，参考《钦定词谱》《平水韵》《词林正韵》等；且每首词配有优美的画作，图文并茂。

本书意欲通过物理与信息的结合揭示世界运行的规律，经由文化与科学的结合展示自然之美，绘美景，展风情，激发人们对二十四节气文化的兴趣，让远离乡村的人为乡土之恋寻一处安放，更为我们的文化自信添一缕清香。越是民族的，才越是世界的！愿以本书为媒，邀读者共研词中百味。读者之经历、心境等不同，所见、所悟亦有不同，词作经由读者的诠释，更添缤纷色彩，故而读者才是真正的作者。

基于邵泽华先生的词作，李雯、温志惠、董正刚、付威、姜梦雅五人参与本书编写。编写团队成员研究背景涵盖环境、社会、新闻、考古、哲学等相关专业，希望以多视角品读词作，呈现饱含在中华二十四节气中的内涵和韵味。受水平所限，书中内容或有不足，恳请读者批评指正！

编　者

目 录

春之篇章

相见欢·立春 002

卜算子·雨水 012

踏莎行·惊蛰 021

点绛唇·春分 032

忆江南·清明 040

醉太平·谷雨 048

夏之篇章

太常引·立夏 062

行香子·小满 075

女冠子·芒种 086

阮郎归·夏至 094

长相思·小暑 103

蝶恋花·大暑 111

秋之篇章

江城子·立秋 124
清平乐·处暑 134
诉衷情·白露 142
桂殿秋·秋分 152
醉花阴·寒露 159
浪淘沙·霜降 167

冬之篇章

生查子·立冬 178
渔家傲·小雪 188
如梦令·大雪 200
丑奴儿·冬至 207
一斛珠·小寒 216
一剪梅·大寒 228

索 引 240

凡 例

1. 结构

1—1 本书分为“咏唱”“词牌与词谱”“赏析”“节气”四部分。

1—2“词牌与词谱”相关内容主要参考《平水韵》及《钦定四库全书》中的《钦定词谱》（一称《御制词谱》）、《词林正韵》，词中格律本平可仄、本仄可平的均标为“中”。

1—3“节气”部分附上词中所涉意象的介绍，以词条“【】”形式展现，并在书末附有索引。

2. 图片

2—1 各词的配图为古代、近代名画，图后均标明了作者及作品名称等。

2—2 篇首和“节气”部分的相关意象所用配图，均已取得相关网站授权。

3. 拼音及脚注等

3—1 对于易念错的词牌名与生僻字，本书配有注音，如“踏莎（suō）行”。

3—2 对于相关资料来源与补充说明的内容，本书采用页下注的形式。

3—3 出现在“词牌与词谱”中的平仄格律采用仿宋，韵字加粗。

春之篇章

二十四节气词鉴

相见欢·立春

立春春意朦胧，懒梅红。
金润迎春花艳，引春风。

茶花醉，柳枝昧，玉兰懵。
唤得春光无限，百花浓。

〔清〕钱维城《梅茶水仙轴》(局部)

一、咏唱

春的气息渐渐穿越严寒，俏容半掩，好似薄纱覆面，模样若隐若现，带来朦胧爱意。梅花装懒，只露几朵，闲适倚卧枝头，一时小脸儿晕红，悠悠开放。

迎春花守候了一个冬天，舒展柔韧的长条，花枝纷繁，花蕊含香。花瓣像被金子浸染了一样，透着金灿灿、黄艳艳的光彩，吸引春风加快轻盈的脚步。

阡陌旁，山茶花盛开，重瓣低垂，拥春梦而醉，馥郁酣醇。长堤上，柳丝轻舞，嫩芽刚刚冒头，点点新绿鹅黄，若明若昧。春苑中，玉兰结蕾，半开半遮，欲放未放，懵懵懂懂，呆萌可爱。

花思涌动，为春而开，呼唤着春色，无尽流淌，充溢四野。一个花团锦簇、万紫千红、芬芳浓郁的春天就要到来！

二、词牌与词谱

“相见欢”，原为唐教坊曲名，后用作词牌名，又称“秋夜月”“上西楼”“西楼子”“乌夜啼”等。由其名可知，该词式的声律系统多用漫吟轻诉表现愉悦之情。

“相见欢”，共五体，正体双调三十六字，前段三句三平韵[①]，后段四句两仄韵、两平韵。

正体示例，唐代薛昭蕴《相见欢·罗襦绣袂香红》：

罗襦绣袂香**红**，画堂**中**。细草平沙蕃马，小屏**风**。

中平中仄平**平**，仄平**平**。中仄中平中仄，仄平**平**。

卷罗**幕**，凭妆**阁**，思无**穷**。暮雨轻烟魂断，隔帘**栊**。

中中**仄**，中中**仄**，仄平**平**。中仄中平中仄，仄平**平**。

五代李煜《相见欢·无言独上西楼》（变体二）：

无言独上西**楼**，月如**钩**。寂寞梧桐深院锁清**秋**。

剪不断，理还乱，是离**愁**。别是一般滋味在心**头**。

---

① 平韵是指平声韵，三平韵是指三个平声韵。平韵格是指整首词押同一韵部的平声韵。仄韵是指仄声韵。仄韵格是指整首词押同一韵部的仄声韵。词韵一般是指清朝戈载编撰的《词林正韵》。相对来说，词的押韵比格律诗宽松，韵脚可分布在相邻韵部。叶韵指同一个韵部中平声韵和仄声韵交替使用。叠韵指的是词的某一韵脚与前相邻韵脚是同一个字，如“恨悠悠，思悠悠”中的“悠悠”；或者不同的字押同一韵脚，如“荒唐”“螳螂”四字都押“江”部韵。

三、赏析

见春欲来，心生欢喜，故用词牌“相见欢”，满含着春归的希冀。

“立春春意朦胧”，“朦胧”一词，正贴合立春的特征。春日初晴时乍暖还寒，在冬天里沉睡的生命开始苏醒，春天的序幕刚刚拉开，春日的节奏刚刚奏响，“碎霞浮动晓朦胧”①，恰似黎明时分晨光熹微的样子。春朦胧，万物也朦胧，万物半揭面纱，酝酿着复苏，积攒力量，即将展露生机。

“懒梅红”，一则表露梅花的闲散状态，梅花几点红，懒懒散散地开在枝头；二则与“朦胧”互表，似是装懒才从冬天蛰伏到初春，要观望一会儿，亲历初春的景致。

“金润迎春花艳，引春风”，得点点春气滋养，迎春花先声夺人，盛开满枝的金黄，如金子润透了一般。“润”“艳”“引”三字构成因果传递，由内到外，由花及春，词意也随之递进。花因“金润”而“艳”，金装使花朵更显艳丽华贵。由“艳”而“引”，可理解为两层含义：一为吸引，迎春花色彩夺目，自然吸引了春风的注意；二为引领，花如其名，犹如向导，身着典雅盛装，引领着春风开启流霞般的春色。

“茶花醉，柳枝昧，玉兰懵。”茶花盛开，层次饱满、鲜艳

① 宋代张先《少年游》词“碎霞浮动晓朦胧，春意与花浓”。

艳的花朵宛若红宝石、白宝石，光艳四射，正是“酒面低迷翠被重”[1]，花意酣浓，正“醉”于朦胧春意。“昧”，指将明未明之态，是柳枝刚刚抽条的状态，嫩芽从枝条上钻出来，绿意将生未生，对未来有羞涩，也有期待，未来亦明昧不定。“懵”字让玉兰鲜明可触，易于想象。玉兰树上，花苞越发丰满，有的悄悄绽出；有的刚冒花尖，好似探头寻觅春的世界，一半是好奇，一半是娇痴。“醉”“昧”“懵”恰到好处地刻画了茶花、柳枝、玉兰在立春时节的不同状态：茶花完全盛开，柳枝刚刚抽条，玉兰含苞待放。它们各具意趣，这既是对“春意朦胧”的写照，也是“春光无限，百花浓”的先导，承上启下，充满巧思。

“唤得春光无限，百花浓。”以此句作结，春天便呼之欲出了。“唤”，尽显春天动态生机。万物告别沉寂的冬天，欢呼雀跃，迸发活力。“唤”有两重意涵：一是“唤”春光来，先开的花，是春光的先遣和序言，呼唤着、昭示着春天的脚步重回大地；二是“唤”百花开，一花独放不是春，百花齐放才是春。届时万紫千红，繁花似锦，春色满园，大地处处生机勃勃。

① 宋代辛弃疾《浣溪沙·与客赏山茶，一朵忽堕地，戏作》。

四、节气

立春，是二十四节气之首，又名“改岁”“岁旦”等。当北斗七星的斗柄指向东北①并逐渐回寅时，为立春。现行是依据太阳黄经度数定节气，当太阳到达黄经315°②时（见下表），为立

节气	斗柄指向	黄经度数	节气	斗柄指向	黄经度数
立春	东北（艮）	315°	立秋	西南（坤）	135°
雨水	寅	330°	处暑	申	150°
惊蛰	甲	345°	白露	庚	165°
春分	卯	360°/0°	秋分	酉	180°
清明	乙	15°	寒露	辛	195°
谷雨	辰	30°	霜降	戌	210°
立夏	东南（巽）	45°	立冬	西北（乾）	225°
小满	巳	60°	小雪	亥	240°
芒种	丙	75°	大雪	壬	255°
夏至	午	90°	冬至	子	270°
小暑	丁	105°	小寒	癸	285°
大暑	未	120°	大寒	丑	300°

注：参考〔东汉〕张仲景《伤寒杂病论·伤寒例》。

---

① 古人以北斗七星之斗柄的运转来计算月份。一年十二个月以十二地支称之，相应地，将斗柄运转的天域分为十二。寅，十二地支（子、丑、寅、卯、辰、巳、午、未、申、酉、戌、亥）之一，五行为木，方位是东，四季为春。斗柄回寅，就是从春开始，经过了四季一年，又回到了春天；斗柄也从东方开始，经南方、西方、北方转了一圈，回到了东方（寅位）。《淮南子·天文训》收录：“正月指寅，十二月指丑，一岁而匝，终而复始。”北斗星的斗柄从指向正东偏北方位的“建寅”之月为起始，然后以顺时针方向旋转，循环往复。

② 地球的公转，从地球上看，表现为太阳的视觉运动，太阳穿行的圆环，称为“黄道”。黄经是指到达近日点时在黄道上的经度值。按天文学惯例，以春分点为起点自西向东度量，分360°。我国古人把太阳黄经的360°划分成24等份，每份15°，为一个节气，全年即有二十四个节气。

春，于每年公历2月3—5日交节。春风送暖，大地开始解冻，万物即将苏醒。立春时，有“鱼陟负冰”（陟：升高）的物象。北方正月暖至，河里的冰开始融化，鱼儿也开始到水面上游动，水面的碎冰如同被鱼背着一般浮在水面上。

从先秦到明清，春节即“立春”这一天。现在的农历正月初一被称为春节是民国时期定下来的。古代“立春”节，皇帝祭拜天地并亲自下地耕种一把，谓之“籍田”，表达了历朝历代对农业生产的高度重视。立春时节，乍暖还寒，日间“风暖”，晨晚却让人倍觉“春寒料峭”。隆冬气候快要结束，但冷高压仍然比较强大，在强冷空气影响的间隙期，偏南风频数增加，气温逐渐回升。

迎春花、茶花等为立春节气典型的花信。

【梅】

蔷薇科杏属落叶乔木。早春花先开，后生叶芽。果未熟时为青色，梅雨季节结青梅。《山海经·中山经》就有“灵山其木，多桃李梅杏”的记载。《西京杂记》载：“汉初修上林苑，远方各献名果异树，有朱梅、胭脂梅。”梅花既列于“岁寒三友”（松、竹、梅），又入“四君子”（梅、兰、竹、菊），还入“雪中四友”

（玉梅、蜡梅、水仙和山茶）。

【迎春花】

木犀科素馨属落叶灌木，别名“金腰带”等。株高30～100厘米。小枝细长，直立或拱形下垂，呈纷披状。花单生，先于叶开放，有清香，金黄色，外染红晕，花期在2—4月，不畏寒。因其在百花之中开花最早，盛开后即迎来百花齐放的春天而得名。唐代白居易《玩迎春花赠杨郎中》就有“金英翠萼带春寒”的记载。

【茶花】

山茶科山茶属，入中国“十大名花”，原产于中国东部。不同历史时期有“海石榴”“曼陀罗”等名，如南朝江总《山庭春日诗》有“岸绿开河柳，池红照海榴”。茶花颜色多样，花期长，从飞雪的季节一直到三春之暮，盛花期通常在1—3月。

【柳树】

杨柳科柳属，是我国原生树种，甲骨卜辞中已有“柳”字。“柳”之“卯”，《说文解字》解释“卯，冒也”。天干地支的“卯”指仲春二月。“柳”的本义即春天率先发芽的树。柳易种易活，随处而安，佛教中观音菩萨手持玉净瓶，瓶插柳枝，因柳树点水便生，并有生活用具与药物等多种用途。

【玉兰】

木兰科玉兰亚属落叶乔木。玉兰属有 40 种原产于中国，正月至二月开花，花先于叶开放，花期 10 天左右。屈原《离骚》中即有“朝饮木兰之坠露兮”。明代《大明一统志》中记载“五代时，南湖中建烟雨楼，楼前玉兰花莹洁清丽……亦是奇观”。一般玉兰指白玉兰，木兰指紫玉兰（辛夷）。

卜算子·雨水

雨水洒春愁，风绪萌春韵。
油菜花黄麦苗青，豌豆尖儿嫩。

春唤百花妍，白玉兰独俊。
遥盼云中鸿雁来，快为春传信。

〔清〕郎世宁《仙萼长春图·海棠与玉兰》

一、咏唱

春天的甘霖轻轻扬扬洒下，缓缓滋润着山间田野，带来万物生长的愁思：春日里蕴含着万物无尽的向往，藏着无限的精彩，也有不确定的未来。徐徐春风携着万千思绪，抚慰着愁伤，吹出草木萌发，唤醒青春萌动，旖旎春韵翩翩而至。

与雨水相约的大地，油菜花开遍，成片金黄色，花香浓郁，随风翻涌出金波；田野里，麦苗青青，郁郁葱葱，一望无边。豌豆尖儿鲜嫩翠绿，嫩生生的芽儿上露珠晶莹剔透，叶芽焕发出光彩，朝气蓬勃。

春之息渐渐吐露，期盼生生不息，呼唤着百花齐放，蓄力一展明艳芳菲。微寒尚在，白玉兰急切入春，先百花而盛开，枝干之上先叶而生花，花繁而大，俊俏美妙，神采奕奕。

细雨洗过，白云飘于碧空，和风轻拂，暖气腾升，期盼着远方的鸿雁穿云而来，快快送来春的音信，万物迎来春深日暖。

二、词牌与词谱

“卜算子”，词牌名，又名“卜算子令”“百尺楼”“眉峰碧”“楚天遥”等。清代毛先舒《填词名解》云：“唐骆宾王诗好用数名，人称为‘卜算子’，词取以为名。”清代万树《词律》据北宋黄庭坚“似扶着，卖卜算”词句，认为取义于卖卜算命之人。“子”是“曲子”的省称，即小曲的意思。因此，调名本义即为歌咏占卜测算的小曲。①

“卜算子”，共六体。正体为双调四十四字，前后段各四句两仄韵，以宋代苏轼《卜算子·黄州定慧院寓居作》为例：

缺月挂疏桐，漏断人初**静**。谁见幽人独往来，缥缈孤鸿**影**。
中中中中平，中仄平平仄。中仄平平中中中，中仄平平仄。
惊起却回头，有恨无人**省**。拣尽寒枝不肯栖，寂寞沙洲**冷**。
中中中中平，中仄平平仄。中仄平平中中中，仄仄平平仄。

宋代王观《卜算子·送鲍浩然之浙东》：

水是眼波横，山是眉峰**聚**。欲问行人去那边？眉眼盈盈**处**。
才始送春归，又送君归**去**。若到江南赶上春，千万和春**住**。

---

① 潘天宁．词调名称集释［M］．郑州：中州古籍出版社，2016：15.

三、赏析

怀着对未来的期盼与向往而占卜未知，谓之“卜算子”。雨水绵细无声，滋润着万物，给大地带来生机。

“雨水洒春愁”，春雨洒落大地，绵绵细雨将大地染绿，雨落而惊鸿，润万物而无声。所谓“好雨知时节，当春乃发生”，“雨水”是生命的甘霖，携带着无限生机，也携带着关切和淡淡愁思。雨水对万物的情感俱在一个“洒”字，洒得绵密而不猛烈，温柔呵护，滋养着万物。“春愁”乃生机背后的隐隐担忧，未来如雾里看花隔一层，万物的生长面对的是难以预知的变化，难免会紧张与不安。

“风绪萌春韵”，风也有自己的思绪和情感，即“风绪”。“风绪”对应上句的“雨水”，“春韵”对应上句的“春愁”，温润的微风，带着柔和的春意，将不安与愁绪吹散，抚慰着忧伤。“萌”，是草木发芽的状态，是开始和产生之意。风是造物的精灵，将大地唤醒，将生命唤醒，“风绪”萌动春意，萌发春色，萌生春韵。“春韵”一词引领后文，春日的韵味是油菜花黄、麦苗青、豌豆尖儿嫩、白玉兰独俊、鸿雁北归，是此时的美景，更是春深时的百花齐放、万物勃发，是一种希望。

“油菜花黄麦苗青，豌豆尖儿嫩”，此句与前句中的“春韵”相呼应。田野里，油菜花“黄”，麦苗返“青”、拔节正是生长的旺盛期，豌豆尖儿嫩绿仍是幼嫩时期，金黄色与青绿色正诉说着美好与希望，处处散发着生长的“春韵”。

“春唤百花妍，白玉兰独俊”，百花盛开往往是春深日暖的标志，雨水增多、几花初放便是“春之始”。初春的细雨洒向大地，呼唤百花展瓣吐蕊，各种花朵等待着盛开枝头，芬芳烂漫，妩媚鲜丽，让春韵更浓。白玉兰之“独俊”暗含两意：一是玉兰于早春先叶开花，俏丽花朵立于秃枝，无绿叶点缀；二是玉兰先于百花盛开，感受着春的召唤早早露头，身姿袅袅，素装淡裹。

被春天引领着的，既有地上的作物与花朵，又有天边的鸟禽。

“遥盼云中鸿雁来，快为春传信”，鸿雁归来，意在天气回暖，春日临近。“遥盼”一词，凝聚着对春的牵挂与期盼；“为春传信”有“鸿雁传书”之意趣，将春意具象化，如同大自然寄出的一封封家书，让万物尽早进入春天的状态，进一步强调对于未来的美好希冀。

四、节气

雨水，于每年公历2月18—20日交节。

雨水节气意味着进入气象意义的春天。“雨水”过后，中国大部分地区气温回升到0摄氏度以上，而华北、西北、东北地区天气仍以寒为主，降水也以雪为主。雨水正处在数九的“七九”中，河水破冰，大雁北归。在“润物细无声”的春雨中，田野麦绿花黄，春风撩拨百花，慢慢勾勒出一幅“十里莺啼绿映红，春雨润物细无声”的画面。但此时天气变化多端，如果遇到寒潮，一夜之间气温可下降10℃，甚至降到0℃以下，飘起鹅毛大雪，人们称这种气象变化为“倒春寒”。

雨水这天也有不少习俗活动。在四川一带，每年雨水节气时，当地出嫁的女儿要带上罐罐肉、椅子回去拜望父母。在川西民间，又有“撞拜寄”的习俗，目的是让儿女顺利、健康地成长。

这时的气候和雨水有利于越冬作物返青生长，如油菜、冬小麦等，因此要加强管理田间作物的春播、春耕工作。华南地区双季早稻育秧已经开始，应注意抓住“冷尾暖头”，抢晴播种。

【油菜】

十字花科，一年生或越年生草本植物，是主要的油料作物及蜜源作物之一，分为芥菜型、白菜型和甘蓝型三种类型。喜温凉，喜湿润，喜光。在中国种植非常广泛，随着气温升高，油菜花从南到北次第盛开，呈现出一片金黄色的壮丽景象。

【豌豆尖儿】

苗类蔬菜的一种。豌豆的嫩茎叶，又称“龙须苗”。豌豆尖儿营养丰富，味道清香、质柔嫩、滑润适口，味道鲜美而独特。雨水时节，豌豆尖儿颜色嫩绿，具有豌豆的清香味，可用作汤肴食材。

【鸿雁】

雁形目、鸭科、雁属的大型水禽，体长90厘米左右，体重2.8~5.0千克。嘴黑色，体色棕灰色，头顶到后颈有一红棕色长纹，前颈近白色。主要栖息于开阔平原和平原草地上的湖泊、

水塘、河流、沼泽及其附近地区。以各种草本植物的叶、芽，包括陆生植物和水生植物、芦苇、藻类等植物性食物为食，也吃少量甲壳类和软体动物等动物性食物。鸿雁性喜结群，常成群活动，特别是迁徙季节，常集成数十只、数百只甚至数千只的大群。

踏莎行·惊蛰[1]

惊蛰鸣春，桃仙惊醒。杏花绽放梨花酩。
琪花瑶草梦春风，垂杨牵手春风咏。

流水观花，花观花影。水流春色春光冷。
风筝水里戏闲云，莫惊云里蓝天境。

① “蛰”系入声字，入仄声。

〔清〕黄慎《桃花源图》（局部）

一、咏唱

春雷阵阵，蛰虫始振，声声鸣叫，急急唤春来到。纷繁春声不绝于耳，猛然惊醒桃花。桃之夭夭，灼灼其华，似有仙人之貌，又许是仙姿本就取自花颜；杏花开得正盛，朵朵明艳，美丽不可方物；梨花蒙眬似醉，含苞静候，欲放还羞。

株株花草珍贵如美玉，一心逐梦春风里，尽显绚烂芳华，亦盼春常驻，长久沉醉于春风的和煦。杨柳枝叶扶疏，依恋春风的美好，携手相牵，轻盈摇曳，咏唱春天。

水潺潺，花正繁。清凌凌的流水映照繁花，繁花亦静看流水，顾影自怜。水中流淌着无边春色，春光融融，透出丝丝清冷，别有一番韵味。

细绳牵引的风筝，在碧空中悠闲飘扬，白云悠悠，随风舒卷，成一方妙境；又倒映入水，将遥不可及的距离变成咫尺。水中风筝与闲云嬉戏畅游，欢乐无限，可别惊扰了蓝天之仙境。

二、词牌与词谱

唐代诗人陈羽有诗《过栎（yuè）阳山溪》曰："众草穿沙芳色齐，踏莎（suō）行草过春溪。闲云相引上山去，人到山头云却低。"其中莎草，是多年生草本植物，多生长在潮湿地区或河边沙地上，茎三棱形，叶条形，有光泽，花穗褐色。地下块根黑褐色，叫香附子，可入药。① "踏莎行"，意指春天在野外踏青。

相传北宋寇准作词两首，定名为《踏莎行·寒草烟光阔》和《踏莎行·春暮》，使"踏莎行"成为词牌名。"踏莎行"又名"柳长春""喜朝天"等。

"踏莎行"，共三体。正体为双调五十八字，前后段各五句三仄韵，以宋代晏殊《踏莎行·细草愁烟》为例：

细草愁烟，幽花怯**露**。凭阑总是销魂**处**。日高深院静无人，时时海燕双飞**去**。

中仄平平，中平中仄。中平中仄平平仄。中平中仄仄平平，中平中仄平平仄。

带缓罗衣，香残蕙**炷**（zhù）。天长不禁迢迢**路**。垂杨只解

① 参见2016年《现代汉语词典（第七版）》（商务印书馆）第1255页，"莎草"词条。

惹春风，何曾系得行人住。

中仄平平，中平中仄。中平中仄平平仄。中平中仄仄平平，中平中仄平平仄。

宋代欧阳修《踏莎行·候馆梅残》：

候馆梅残，溪桥柳细。草薰风暖摇征辔。离愁渐远渐无穷，迢迢不断如春水。

寸寸柔肠，盈盈粉泪。楼高莫近危阑倚。平芜尽处是春山，行人更在春山外。

三、赏析

脚踏莎草而行、野外春游是谓“踏莎行”。惊蛰之后春意渐深，草长莺飞，适合踏青游赏；且莎草在潮湿处丛生，与词中垂杨、流水和花影共谱春光，故用该词牌。

本词先写惊蛰的物候，再从物候转入想象之幻境与哲思，将春花、春风、春光、春水等融于虚实结合之境。

“惊蛰鸣春”，道出了“惊蛰”与“春”的多重关系。本是春雷惊醒了蛰伏的虫类，春雷为因，虫鸣为果；只一个“鸣”字便将互动关系扭转，巧妙地营造了另一重意趣，仿佛虫鸣为因，春应邀而至为果，表现出蛰伏虫类的作用，是它们的鸣叫将春天迎来了，可谓一鸣惊春。“惊蛰”又可作节气解，惊蛰通常是数九寒天结束时，天气渐暖，万物复苏，农作开始，民谣有“九尽桃花开”“耕牛遍地走”之语，故而对于农人来说惊蛰也许才是真正的春天到来。

“桃仙惊醒。杏花绽放梨花酩”，杏花、桃花、梨花次第绽放①，故“杏花绽放”时桃花刚刚“惊醒”，梨花还在沉睡，一个“酩”字便描绘出了梨花醉意蒙眬、似醒非醒的情态。“桃仙”二字，有三重意涵：一则言桃花如仙人般的美丽姿态；二

① 杏花的花期通常为2—3月，持续近两个月；桃花的花期一般为3月初，持续一个月；梨花的花期通常为3—5月。

则引用典故，唐寅的《桃花庵歌》有“桃花坞里桃花庵，桃花庵下桃花仙”之语，借桃花描绘隐士之洒脱风流似神仙的形象；三则使景象由实入虚，营造缥缈仙境之感。

“琪花瑶草梦春风”中的“琪花瑶草”与“桃仙”有异曲同工之妙，一则琪花瑶草可指名贵的花草，将春季繁花都视作美玉；二则用典，唐代诗人王毂（gǔ）有《梦仙谣》一诗，诗中云“前程渐觉风光好，琪花片片粘瑶草”；三则与“桃仙”呼应，是对仙境景象的描绘。

“垂杨牵手春风咏”中的“咏”与前句的“梦”，将琪花瑶草、杨柳与春风相互联系，是草木与春风的双向互动：春风为草木种善因——春风入琪花瑶草之梦，吹拂杨柳枝叶时如在歌咏；草木与春风结善缘——琪花瑶草在春风中追逐梦想、一展芳华，杨柳在春风轻拂下枝条相牵，亦情意绵绵把春风咏唱。

下阕以“水”为主体，联结大地景象与仙境景象。一重为大地上的流水与花的联结，“流水观花，花观花影”。此花既可为实景，烂漫繁花倒映在水中，二者相伴、相视，两相欢喜；也可为仙境之花，蓝天仙境中的琪花瑶草也在探看流水，满怀好奇。

二重为流水与春之信息的联结，“水流春色春光冷”，扩大了流水映照的范围。琪花瑶草、蓝天闲云、风筝等一一映照在流水中，成为水中流淌着的无尽春色，水中的春光在物理触感上是“冷”的，均为倒影；信息没有温度但信息酝酿的春景之美有温度，正是天上一个仙境，水中倒映一个仙境，两相辉映，共美。

三重为大地（流水、花木等）、低空（风筝）、蓝天境（蓝天、闲云、仙境琪花瑶草等）的联结，“风筝水里戏闲云，莫惊云里蓝天境”，呈现出低、中、高的层次感。原本低空的活动（放风筝）无法干扰蓝天仙境，而“水”联结了所有景象，倒影可互相戏玩，此为万物信息相互传输、突破空间限制的写照。“风筝”作为中间层次的物象，使人与自然、大地与天空产生关联，充满巧思。

舞动的风筝将一切约束打破，“莫惊云里蓝天境”正是由“风筝”引起的，含有微微规劝之意，提醒人们地上风光已然绝美，应小心赏玩，珍惜与呵护大好春光，莫要恣意撒欢儿惊扰蓝天仙境，并再次与上阕遍布琪花瑶草的仙境联动。至此，惊蛰所鸣之春得以完整描绘，充满无穷韵味。

四、节气

“惊蛰”为农历二月节气，标志着进入仲春，于每年3月5—6日交节。《月令七十二候集解》云：“万物出乎震，震为雷，故曰惊蛰，是蛰虫惊而出走矣。”“春雷响，万物长”，惊蛰时节正好是“九九”艳阳天，气温回升，雨水逐渐增多，预示着万物开始繁茂生长。

惊蛰节气在农忙上有着相当重要的意义，我国大部分地区于惊蛰开始春耕春种，有农谚“过了惊蛰节，春耕不能歇”。

华北地区，土壤仍冻融交替，冬小麦开始返青，及时耙地是减少水分蒸发的重要措施；华东地区，小麦已经拔节，油菜也开始见花，应适时追肥，干旱少雨的地方应适当浇水灌溉避免春旱；华南地区，早稻播种应抓紧进行，同时要做好秧田防寒工作。

桃花是惊蛰时节十分常见的标志性景象，为惊蛰一候。杏花、梨花和桃花虽然花期不尽相同，但有重合之时，齐放的场景亦很常见。桃、梨等果树要在惊蛰期间施好花前肥，促进生长。

【桃】

蔷薇目蔷薇科桃属落叶乔木，树高 4 ~ 5 米，主要分果桃和花桃两大类。树干灰褐色，粗糙有孔；枝条红褐色或褐绿色，平滑；叶椭圆状披针形；花通常单生，先于叶开放，有白、粉红、红等色，变种有深红、绯红、纯白及红白混色等花色变化以及复瓣、半重瓣和重瓣种，花期一般为 3 月初，持续一个月；萼片 5 枚；核果（桃子）近圆形，黄绿色，表面密被短茸毛，因品种不同，果熟期为 6—9 月。桃是中国传统的园林花木，为早春重要的观花树种之一。

【杏】

蔷薇目蔷薇科李亚科杏属落叶乔木。花单生，先于叶开放，花瓣白色或稍带红晕，通常 2—3 月开花，花期持续近两个月。树龄长，可活 100 年以上。杏是春季主要的观赏树种，原产中国，分布很广，可植于庭前、墙隅、道路旁、水边，也可群植、片植于山坡、水畔。公元前数百年问世的《管子》中就有关于杏的记载，因此，杏在我国至少已有两三千年的栽培历史，是古老的花木。

【梨】

蔷薇目蔷薇科苹果亚科梨属落叶乔木。叶圆如大叶杨，干有粗皮外护，枝撑如伞；通常3—5月开花，花先于叶开放或同时开放；萼片5枚；花瓣5瓣，花色多为洁白，也有稀粉红色，具有淡淡的香味。梨除可供生食外，还可酿酒，制梨膏、梨脯，以及药用。梨原产我国，在我国约有两千余年的栽培历史，种类及品种均较多，栽培遍及全国。

点绛唇·春分

日月争春，春分日月春分阕。
桃花漫烨，掩杏花残缺。

红粉樱伤，白海棠欢悦。
银杏咽，悄生新叶，暗挽花儿歇。

〔元〕钱选《海棠双雀图》（局部）

一、咏唱

春季已过一半，多姿的春色令日月也沉醉其间，日月均争抢着春光里的明媚。幸得昼夜平分，日月沐春时间均等，各拥一半春。百花纷繁，秀美绮丽，春天前后段俱想拥有更多春色，春色平分两阕，上下春阕各得其美，汇成一首美妙的春曲。

一朵朵桃花缀成粉红与雪白相间的花潮，明媚灿烂，光华闪烁，漫上枝头，更向近旁的杏花蔓延。粉白相间的杏花，淡去早春的光辉璀璨，缓缓凋落花瓣几片，残缺中亦留有盛时风华。桃花怜惜，温柔掩藏，补缺着杏花的凋零春姿，相映成趣。

红红粉粉的樱花，见证春日的纷繁花事，体会过盛开的炫目多彩，感受过凋残的落英缤纷，带着对春阕变换的惆怅，与对未来的不安，淡淡盛开，缓缓飘落。白海棠着急将欢悦带给春日，跃上枝头，初展花蕊，欣喜起舞，不解春伤。

银杏见花繁而心慕，略带羞涩；见花残而心伤，叹咽几声。它悄悄捧出片片嫩叶，怕惊扰了花儿，也想默默添束新绿于这美不胜收的春色中，想牵挽花儿慢些开，驻足留歇，盼春常在。

二、词牌与词谱

“点绛唇”，词牌名，又名“十八香”等。绛唇：朱唇、红唇。西汉扬雄《蜀都赋》有：“眺朱颜，离绛唇，眇眇（miǎo，远望）之态，吡噉（bǐ dàn，歌声抑扬顿挫）出焉。”南朝江淹《咏美人春游诗》有“白雪凝琼貌，明珠点绛唇”。

“点绛唇”，共三体。正体为双调四十一字。前段四句三仄韵，后段五句四仄韵，以五代冯延巳《点绛唇·荫绿围红》为例：

荫绿围红，梦琼家在桃源**住**。画桥当**路**，临水开朱**户**。
中仄平平，中平中仄平平仄。中平中仄，中仄平平仄。
柳径春深，行到关情**处**。颦不**语**，意凭风**絮**，吹向郎边**去**。
中仄中平，中仄平平仄。中中仄，中平中仄，中仄平平仄。

宋代李清照《点绛唇·蹴罢秋千》：

蹴罢秋千，起来慵整纤纤**手**。露浓花**瘦**，薄汗轻衣**透**。
见客入来，袜刬金钗**溜**。和羞**走**，倚门回**首**，却把青梅**嗅**。

三、赏析

娇艳美人，巧笑倩兮，美目盼兮，素齿朱唇，谓之“点绛唇”。春分时节花朵次第开放，春景宜人，春色各异，整个春天如美人之唇，绚丽夺目，故用该词牌。

“日月争春，春分日月春分阕”，春分之日在古时既称“日中”，又称“日夜分”，此时昼夜平分，阴阳平衡，天地生辉，人与自然和谐共生。这样美好的春色，引得日月也争抢。一个“争”字，更凸显了春日的烂漫与美好，春分时的盛景正是“日月争春”的结果。词中巧妙运用“分”字，暗喻了一分昼夜，二分春时，三分春色的内涵。“阕”乃乐曲、歌一首或词一段，春分将春色划分成春阕中的上、下两阕，上阕承载春前段，春姿初展，花儿鲜艳多彩，至春分时略显残缺、略带愁伤；下阕承载春后段，花朵竞相开放，烂漫明媚，自春时正盛走向晚春。以一个“阕”字，引出后面的桃漫杏残、樱伤棠欢，展现如歌曲般跌宕起伏的春色变化。

“桃花漫烨，掩杏花残缺”，春日过半，桃花正值花期，纷繁的花朵俏丽妩媚；而杏花开的时间相对较早，此时开始凋落，花瓣飘下，身姿残缺。其中，“漫烨”彰显桃花烂漫开放之光彩，漫山遍野的芳华灼灼，有蔓延之势，能掩盖杏残。“掩”，一方面是物理上的遮盖，杏与桃常比邻而生，桃花正盛可掩映杏花；另一方面是满含柔情的掩藏，灼灼桃花看见了杏花的初衰，不忍杏花离去，于是温柔地掩盖杏花的残缺，继续将春日延续，将春色填满。“残缺”，显示杏花虽然在凋落，但枝上仍有粉嫩花朵，亦有其美。同时，桃花与杏花的不同状态呼应了上阕中的“春分阕”之景。

“红粉樱伤”展现了樱花与桃、杏不同的生长习性，樱花的花期较长，能够经历春天上、下两阕，见证春花的枯荣兴衰，体味花间百态，如中国红樱。“樱伤”暗含两意：一是见杏花残缺，不免心伤；二是虽见桃花漫烨，但知桃花花期短暂，面对春色的景象心有隐忧。

“白海棠欢悦”，春夏之交，白海棠花开放得洁白动人，迎风俏立，楚楚有致，只因不见未来，不知惆怅，所以可以肆无忌惮地欢悦盛放、迎接春天。同时，与上句“樱伤”相对，一伤、一欢悦，亦体现“春分”之意。

“银杏咽，悄生新叶”，“咽”有两因：一是见杏残、望桃漫，看见繁华下的残花落，银杏不免心伤而咽；二是悲伤不能出声，如鲠在喉，无语凝噎，怜花之情、惜春之情深重，怕惊扰花儿，只是悄悄生出嫩叶，也承接下句“暗挽花儿歇”。“挽”明指不舍春花，暗喻不舍春意，希望花儿驻足留歇、伴春常在，时光缓慢流淌。

四、节气

春分，于每年公历 3 月 19—22 日交节。

分者，半也，这一天为春季的一半，故称“春分”。春分这一天，太阳的位置在赤道的正上方，昼夜持续时间几乎相等，各为 12 小时。春分过后，太阳的位置逐渐北移，开始昼长夜短。《春秋繁露 · 阴阳出入上下篇》说：“春分者，阴阳相半也，故昼夜均而寒暑平。”另有《明史 · 历一》说：“分者，黄赤相交之点，太阳行至此，乃昼夜平分。”

春分时节，我国大部分地区进入了明媚的春天，除了全年皆冬的高寒山区和北纬 45°以北的地区外，中国各地日平均气温均稳定升达 10℃。辽阔的大地上草长莺飞、小麦拔节，华南地区更是一派暮春之景。

二月春分，人们开始扫墓祭祖，也叫“春祭”。扫墓前要先在祠堂举行隆重的祭祖仪式，杀猪、宰羊，请鼓手吹奏，由礼生念祭文，带引着行三献礼。

春分也是农耕的大忙时节，此时阳光明媚，越冬作物进入春季生长阶段。中国南方大部分地区雨水充沛，这有利于水稻等作物播种。

【樱花】

蔷薇科，落叶乔木。叶卵状披针形，有锯齿，齿尖有腺体，叶柄有 2 ~ 4 个腺体。春季开花，花白色或红色，伞房状或总状花序。萼筒呈钟形。果实卵形或球形，黑色。其中，“中国红樱”是从福建山樱花中驯化筛选出来的优良耐热品种。可在华东、华南、西南地区栽培，供观赏用。

【白海棠】

“海棠”是蔷薇科苹果属多种植物和木瓜属几种植物的通称与俗称，为中国著名观赏树种，各地习见栽培。园艺变种有白色重瓣者。海棠类多为用于城市绿化、美化的观赏花木（其中不乏果实有很高食用价值的品种）。其中，许多是著名的观赏植物，如西府海棠、垂丝海棠、贴梗海棠和木瓜海棠，习称“海棠四品”，是重要的温带观花树木。

忆江南·清明

清明雨，洗尽世间尘。
艾草青青烟袅袅，梨花相伴好游春。
杨柳步频频。

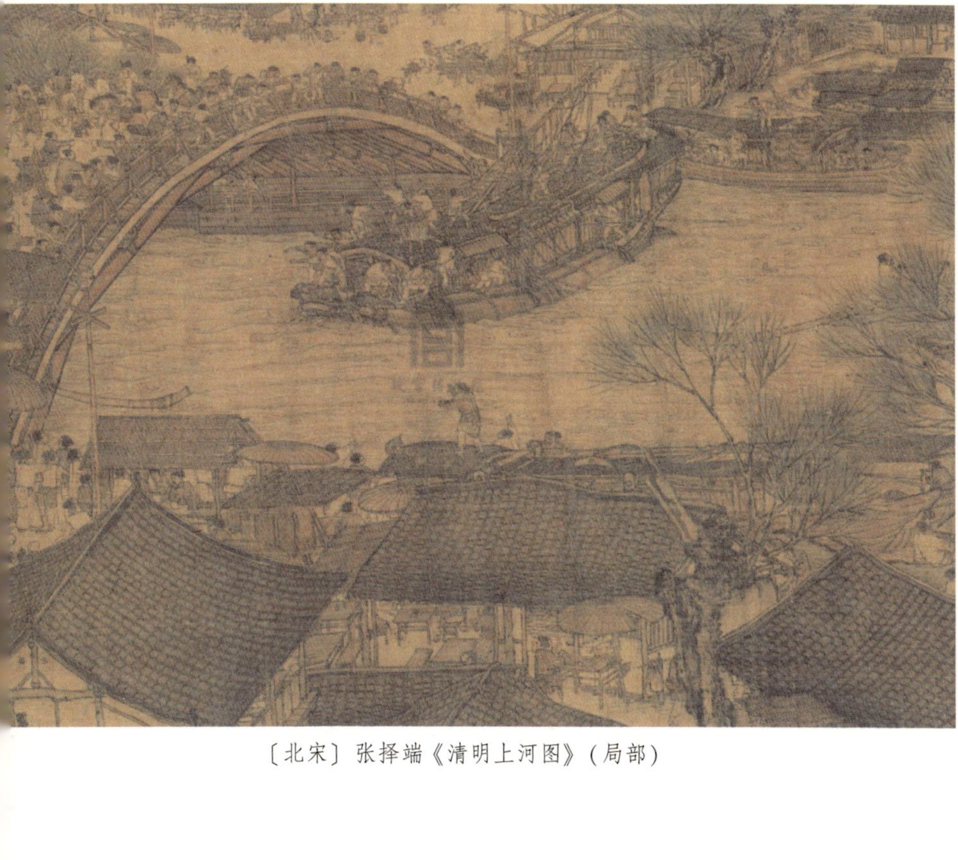

〔北宋〕张择端《清明上河图》(局部)

一、咏唱

洁净雨丝，淅淅沥沥，丝丝滑落世间，洗尽天地间尘埃，留天地一片清明；洗尽心中尘埃，还心灵透明澄澈。

雨洗过的艾草，青翠欲滴，郁郁葱葱，干净而纯粹。气清景明，阴阳相通，袅袅青烟化作心中的天桥，寄托满怀思念，连接坦诚与希望。

梨花带雨，一袭白衣悠悠，晶莹纯净，相伴游春，悠哉美哉。

伴着阵阵微风，杨柳起舞，一摇一摆，一颦一步，热情款款，相迎于清丽春色，相伴于踏青之路，相送于清幽深处。

二、词牌与词谱

“忆江南”，词牌名，又名“梦江南”“江南好”“望江梅”等，原唐教坊曲名。段安节《乐府杂录》载：“《望江南》始自朱崖李太尉（德裕）镇浙日，为亡妓谢秋娘所撰，本名《谢秋娘》，后改此名。”这里所指的江南主要是长江下游的江浙一带。“忆江南”在被后世欣赏和接受的过程中词调十分流行，发展并产生了多种多样的变化。崔怀宝《忆江南》词云：“平生愿，愿作乐中筝。得近玉人纤手子，砑（yà）罗裙上放娇声。便死也为荣。”

“忆江南”，共三体。正体为单调二十七字，五句三平韵，如唐代温庭筠的《望江南·梳洗罢》：

梳洗罢，独倚望江**楼**。过尽千帆皆不是，斜晖脉脉水悠**悠**。肠断白蘋**洲**。

平中仄，中仄仄平**平**。中仄中平平仄仄，中平平仄仄平**平**。平仄仄平**平**。

唐代白居易《忆江南·江南好》：

江南好，风景旧曾**谙**。日出江花红胜火，春来江水绿如**蓝**。能不忆江**南**？

三、赏析

念如画江南，水汽氤氲，忆美好往昔谓之“忆江南”。清明雨后风光秀丽，气清景明，宛若江南，令人魂牵梦萦，故用该词牌。

“清明雨”，一场明净春雨洗涤天地万物，万物更加清净与明朗，花香更浓，草长莺飞，摇曳生姿。“清明”二字描绘出雨之洁净透明的本质。

“洗尽世间尘”，洗去“灰”与“尘”，才能显出“清”与“明”。“尘”，既是物理实体的灰尘，也是人心中的“尘埃”。当身心之尘埃都被雨水冲落时，心中变得干净而纯洁，人与人之间的沟通变得真诚与顺畅，更能直达灵魂深处、牵念天人信息。

“艾草青青烟袅袅”，清明时节，艾草一片青绿，叶片上还带着雨滴，散发出阵阵香气。艾草既能入药驱虫，也能驱邪避凶、迎福，象征着人们希冀远离世间的邪恶不正，留下一片“清气”，也是取艾草之“青”，以合“清明”之“清”。清明有采摘新鲜艾叶、制作青团或清明粿的习俗。“烟袅袅”有两意：一是蒸煮青团、清明粿的烟气，这烟气透着香甜，更透着思念，袅袅上升；二是指祭祖扫墓时的燃香之烟，承载着对天地的敬畏与对先人的追思，是通信之“媒介”，天清地明之时，无尘埃喧嚣，心中坦荡明净，阴阳更易相通，达至心与心真正的亲密无间。人在归尘之后，清辉幽幽，默默不能言，与袅袅烟气亦形成一静一动的反差。

“梨花相伴好游春”，梨花洁白淡雅，娇柔美妙，令人倾心向往。“今年石湖好清明，数树梨花香雪晴”（元代龚璛（sù）《春日寄怀书台》），梨花之纯净美丽可增添天地间的“清明”韵味，亦更添春之美，“满树梨花香雪洒。春无价。陌头尽是寻春者”（明代夏言《渔家傲》），梨花是春的精灵，自古皆然。带雨梨花相伴，引人饱览春色烂漫，细细品赏春韵，正是游春踏青的一大乐事。

“杨柳步频频”，杨柳随风摇动，柔软如丝，枝叶婆娑，摇曳多姿，像极轻步频频。“步频频”一则展现杨柳自身之欢欣；二则意蕴杨柳与春色的互动，是自然之间和谐景象的写照；三则蕴含与游春之人互动之意，杨柳含情，故而雅步频摇，迎来、相伴与送往，杨柳亦寓意对乡土亲人的恋恋不舍、情思缠绵，要一路相随，展现情与景交融、人与祖先以及人与自然的相依。

艾草之香传“清”气，梨花之白送“清”雅，杨柳之丝丝垂条寄情思，将清明之景结束于此，余味无穷。

四、节气

清明，于每年公历4月5日前后交节。

清明节气，我国大部分地区的日均气温已升到12℃。此时，气温转暖，春和景明，万物吐故纳新，天气清澈明朗。更有花明树舞，送迎游春，也是人们亲近自然、踏青游春的好时节。

清明既是节气，又是我国重要的传统节日。清明节从寒食节演变而来，大约始于周代，距今已有两千五百多年。节气与节日的区别在于，前者单纯反映气候变化和时节的顺序，后者包含一定的风俗活动和纪念意义。清明作为节日，祭祖、扫墓是主要活动之一，因此它又被称为“扫墓节”“祭祖节”“扫坟节”“冥节”。

对于农业生产而言，清明是一个重要的节气。“清明时节，麦长三节”，黄淮地区以南的小麦即将孕穗，油菜花已经盛开，东北地区和西北地区小麦也进入拔节期。北方的旱作、南方早中稻进入大批播种的适宜季节，要抓紧时机抢晴早播。“梨花风起正清明”，这时多种果树也进入花期，要注意做好人工辅助授粉，提高坐果率。

【艾草】

多年生草本，揉之有浓烈香气。每年3—4月，由根茎生长出的幼苗高15～20厘米。花果期7—10月。4月下旬采收第一茬，每年收获4～5茬。叶羽状分裂，背面为白色丝状毛。秋季开花，头状花序小而多，排成狭长的总状花丛。中国各地普遍野生。茎、叶含芳香油，可做调香原料，亦可用来杀虫和防治植物病害。叶入药，性温、味辛苦，具有散寒止痛、温经止血的功能。叶加工如绒，称“艾绒”，为灸法治病的燃料。

醉太平·谷雨

风吹树翩，风亲草欢。
风邀谷雨绵绵，润秧苗万千。

山红杜鹃，庭红牡丹。
蔷薇月季争妍，御神归甫田。

〔近代〕于非闇（àn）《杜鹃》

一、咏唱

暖风习习，照拂万物。高挺的树木亦翩跹而舞，木叶翻飞，柔枝摆荡，越发曼妙。东风时而悠悠，轻拂草尖，似落下轻轻一吻，撩动青草心弦，纤草顿生无边欢喜。

东风又时而浩荡，迅疾刮过山间，约请绵绵谷雨，奔赴田野山川。一滴又一滴，万千秧苗酣饮风雨的馈赠，夙愿得偿，变得润泽起来，焕发勃勃生机。

山野间，杜鹃花一点一点变红，漫山遍野恣意生长，色渥如丹，灿若明霞。庭院中，牡丹花亦一分一分逐渐染红，雍容华贵，仪态万千，惊艳了整个庭院。杜鹃会否艳羡牡丹的富丽华贵，抑或牡丹向往杜鹃的自由奔放？

蔷薇和月季朵朵明丽动人，白如雪，红似火，粉嫩胜佳人，皆不愿辜负天生丽质，只欲尽情绽放，争奇斗艳，才不枉花花世界走一回。

草木秀美、百花争妍自是赏心悦目，无边春光当属田野为最。万千秧苗茁壮成长，风光无限。谷雨既护花木更佑百姓，恭迎农神回归广袤的农田，许百姓丰衣足食、安居乐业。

二、词牌与词谱

“醉太平”又名“凌波曲”，亦称“醉思凡”（取自孙惟信词）、“四字令”（取自周密词）。

“醉太平”，共三体。正体为双调三十八字，前后段各四句四平韵，以宋代刘过《醉太平·情高意真》为例：

情高意**真**，眉长鬓**青**。小楼明月调**筝**，写春风数**声**。

平平仄**平**，平平仄**平**。中平中仄平**平**，仄平平仄**平**。

思君忆**君**，魂牵梦**萦**。翠绡香暖云**屏**，更那堪酒**醒**！

中平仄**平**，中平仄**平**。中平中仄平**平**，仄中平仄**平**！

清代周寿昌《醉太平》：

波寒似**冰**，灯残似**萤**。江村野柝（tuò）无**凭**，是三更四**更**。

推衾梦**醒**，敲篷雨**零**。潇潇滴到天**明**，更风声浪**声**。

三、赏析

谷雨时节有“雨生百谷”之象，百姓丰衣足食，沉醉于太平盛世，故用词牌“醉太平”。

上阕描写“风”与草木、雨水、秧苗之间千丝万缕的关系，引出“秧苗”，为太平丰收年作铺垫。

“**风吹树翩，风亲草欢**”，“**吹**”和“**亲**”体现出“**风**”和“**树翩**”“**草欢**”的互动关系。一则轻轻吹拂、轻轻一吻俱是风对草木的情意，感受到温情的树木枝叶起舞，绿草欢呼雀跃、内心欢喜；二则风是起因，是动力，也是先兆，这风是万物生长之风，蕴含着自然规律。

“**风邀谷雨绵绵**”，续写自然规律，水蒸气上升、凝结成为雨，正是春风化雨，前者（风）间接照拂万物，后者（雨）直接滋润万物；体现风的使命感与对秧苗、对百姓的深厚情谊，风的存在是为了邀来绵绵谷雨“**润秧苗万千**”，暖风只身赶赴谷雨节气仍不够，还要殷切“**邀**”来雨，才是真正的谷雨盛景。

雨水增多，正是“秧苗”① （水稻的幼苗）初插、作物播种的好时节。“树翩”“草欢”作衬托，风起邀谷雨为前提，秧苗润泽才是谷雨时节最浓墨重彩的一笔。上阕结句“润秧苗万千”，将自然景色与人文景观交叠，为下阕定调，百花争妍、农田一派生机的景象，秧苗茁壮、甫田畦畦正是安宁盛世，令万物沉醉。

下阕首句“山红杜鹃，庭红牡丹”亦是自然与人文气息交融的景象。“山”与“庭”工对，“山”为山野，是自由的天地，充满自然之趣；“庭”为专门遍植花草的院落园林，是精致典雅的场所，充溢着富贵气息。两者在空间上形成对比，在人们惯常的等级观念上形成强烈反差。“杜鹃”与“牡丹”亦工对，两者生长环境不同，艳丽美态相得益彰。

两个“红”字描绘出杜鹃和牡丹从花骨朵逐渐绽放出红艳花瓣的动态过程，滋养杜鹃的是山中沃土和风雨，养护牡丹的是庭中养花人，同样的染红过程背后蕴含着不同的境遇。“红”亦是杜鹃与牡丹之美的写照，杜鹃红得娇艳热烈、“鲜红滴滴映霞明”（宋代杨巽斋《杜鹃花》），“杜鹃踯（zhí）躅（zhú）

---

① 南方早稻一般在 3 月下旬至 4 月上旬播种，4 月下旬至 5 月上旬插秧。若为地膜保温湿润育秧，则以日平均气温稳定保持在 10℃时播种为宜；若为露地湿润育秧，则以日平均气温稳定保持在 12℃时播种为宜。中稻一般在 4 月初至 5 月底播种，5 月下旬以后插秧，具体时间根据品种生育期调整。一季晚稻一般在 5 月下旬播种，6 月中旬至 7 月上旬插秧；二季晚稻一般在 6 月中下旬播种，7 月下旬插秧。水稻秧苗的移栽有多种方法，如插秧（又叫“插田”）、抛秧、点播等。

正开时，自是山家一段奇”（宋代李时可《杜鹃花》），“醉态轻盈浥露斜，映山红火幕难遮”（明代刘祖满《杜鹃花》），美不胜收；牡丹则红得雍容大气、华贵端方，“唯有牡丹真国色，花开时节动京城”（唐代刘禹锡《赏牡丹》）。山野奇丽与国色天香，均是风光无限，打破了人们惯常的华庭为贵、山野为贱的等级观念。

“**杜鹃**”，亦花亦鸟，杜鹃鸟[①]又名“布谷鸟”，此处点题，并且与谷雨之意相合。“布谷声中雨满篱，催耕不独野人知”（北宋蔡襄《稼村诗帖》），“布谷飞飞劝早耕，春锄扑扑趁春晴”（清代姚鼐《山行》），杜鹃鸟的啼声是催耕的信号，与上阕末句“**润秧苗万千**”相呼应，也为下阕末句“**御神归甫田**”作铺垫。

“**蔷薇月季争妍**”，四月中下旬，蔷薇和月季竞相开放，两者争妍。人们盛赞月季为花中皇后，歌颂“月季只应天上物，四时荣谢色常同”（北宋张耒《月季》）、“此花无日不春风”（南宋杨万里《腊前月季》）；人们却只说蔷薇是援墙而长、结篱缀屏的常见之物，“娟娟篱头花，白白间绿叶”（南宋周文璞《野蔷薇》），蔷薇在人们眼中本不出众，胜在充满野趣。但本词中的蔷薇自信绽放，敢与月季争妍，恰恰体现了万物平等、

---

① 杜鹃鸟，也叫“杜宇”“布谷”或“子规”，身体黑灰色，尾巴有白色斑点，腹部有黑色横纹。鸟幼时的喙为红色。初夏时常昼夜不停地叫。

各有其美的状态，是对贵贱等级观念的再次批判。

下阕前三句，山间杜鹃在华庭牡丹前，农园蔷薇也在庭园月季前，此先后顺序寓有深意：一则“山”恰与上阕之“谷”在场所上紧密衔接，更贴近自然，牡丹和月季常在庭院栽种，更远离自然环境；二则杜鹃与农事关联更密切，蔷薇与农家生活更贴近，逐渐将本词的视野移至农田，凸显谷物之美胜于华庭景致，世间最“贵”者当为粮食，从而引出末句“御神归甫田”。万物生长之风雨，使天地充满缤纷色彩、盎然生机，杜鹃、牡丹、蔷薇、月季虽美，但是为迎神作铺垫，也是陪衬其间最美的秧苗。

“御”通“迓（yà）”，意为迎接；“甫田”即大田，指广袤而肥沃的田地。“御神归甫田”一句继承了《诗经·小雅·甫田》劝人们勤耕耘的宗旨，提醒人们不忘教百姓种植五谷、豢养家畜的神农氏，要趁着大好气候将农神迎到田里，辛勤耕耘以获丰收；并再次与上阕的“风邀谷雨绵绵，润秧苗万千”联动，风雨的使命得以完成，希冀秧苗得到润泽，织就一个丰收年。全篇至此回环往复，期盼之意溢于纸间。

四、节气

谷雨是春季的最后一个节气，通常于公历4月19—21日交节，此时已是暮春。汉代《通纬·孝经援神契》云：“……谷雨，三月中，言雨生百谷清净明洁也。”明代王象晋《群芳谱》云：“谷雨，谷得雨而生也。”这些记载既说明了春雨对于农业的重要，又说明了谷雨节气名称的由来。①

谷雨时节天气较暖，降雨量增加，有利于春季作物播种生长，农事也逐渐进入繁忙阶段。北方地区，桃花、杏花等开放，杨絮、柳絮四处飞扬；南方地区，柳絮飞落，杜鹃夜啼，牡丹吐蕊，樱桃红熟。

谷雨的标志性花朵为牡丹，牡丹被称为“谷雨花”。我国民间有“谷雨过三天，园里看牡丹”的说法，由此可以看出，谷雨是牡丹开放的重要时段。

谷雨和“杜鹃”也有着不解之缘，一则“杜鹃啼血”的典故有多种说法，其中一种说法为蜀国一位皇帝杜宇热爱百姓，死后化为一只杜鹃鸟，每年春季便飞来唤醒百姓“快快布谷！快快布谷！”，嘴巴啼得流血，滴滴鲜血洒在大地上，染红了漫山的杜鹃花；二则谷雨二候为“鸣鸠拂其羽”，“鸠，即鹰所化者布谷也”，依照人们的经验来看，该“鸣鸠”亦应

---

① 巍然．正好清明连谷雨［J］．月读，2020（4）：86－89.

为杜鹃鸟。

谷雨时节的一大习俗为饮茶，谷雨茶也就是雨前茶，是谷雨时节采制的春茶，与明前茶同为一年之中的佳品。

【牡丹】

双子叶植物纲、原始花被亚纲、毛茛（gèn）目毛茛科、芍药属多年生落叶灌木。其茎高达 2 米，分枝短而粗；叶通常为二回三出复叶；花单生枝顶，牡丹花大而香，品种繁多，色泽亦多，以黄色、绿色、肉红色、深红色、银红色为上品，尤其黄色、绿色为贵，有“国色天香”之称。牡丹是中国特有的木本名贵花卉，素有“花中之王”的美誉。一般在春夏之交（4—5 月）开花，一年只开一次花，开花时间通常在清晨（7 点左右），花期大多为 10 天左右。江南地区会提前 5 ~ 7 天开花，东北地区会推迟 3 ~ 5 天开花。寒牡丹、寒樱狮子、互川寒、时雨云等少数品种的开花次数、时间例外。

【稻】

单子叶植物纲、鸭跖（zhí）草亚纲、禾本目、禾本科、稻属谷类作物。稻按植物学分为籼稻和粳稻，按生育期长短分为

早稻、中稻、晚稻等，按淀粉含量分为糯稻和非糯稻，按留种方式分为常规水稻和杂交水稻，按栽培方式分为水稻和陆稻。水稻原产于中国和印度，早在七千年前中国长江流域的先民就曾种植水稻。

秧苗是水稻的幼苗，移栽到新开垦的水田中则被称为“禾苗”。水稻所结籽实即稻谷，稻谷脱去颖壳后称“糙米”，糙米碾去米糠层即可得到大米。世界上近一半人口以大米为主食。水稻除可食用外，还可以酿酒、制糖及用作工业原料，稻壳和稻秆可以作为牲畜饲料。中国水稻主产区为长江流域、珠江流域和东北地区。

【杜鹃】

双子叶植物纲、杜鹃花目、杜鹃花科、杜鹃花属落叶灌木。又称“山踯躅”“山石榴”“映山红”。杜鹃花种类繁多，花色绚丽，以红色为最多，花、叶兼美，地栽、盆栽皆宜，是中国十大传统名花之一。春鹃的开花时间一般为4月下旬，花期大约20天；夏鹃的开花时间一般为5月中旬，至6月花谢。重庆西南，酉（yǒu）阳、秀山等地，盛产杜鹃花，大都叫映山红。

【蔷薇】

双子叶植物纲、原始花被亚纲、蔷薇目、蔷薇科、蔷薇属攀缘灌木。花多朵，排成圆锥状花序，花梗长1.5~2.5厘米，花直径1.5~2.0厘米，萼片披针形。蔷薇的种类、变种很多，各地名称也不一致，人们通常所说的蔷薇，只是这类花的通称。花色有乳白、鹅黄、金黄、粉红、大红、紫黑多种；花朵有大有小，有重瓣、单瓣，但都簇生于梢头。过去为初夏（5—9月）开花，花期可达半年，但随着全球气候变暖，一些蔷薇能提早至4月甚至3月便开花。

【月季】

蔷薇科、蔷薇属常绿、半常绿低矮灌木，四季开花。又名“月月红”“长春花”，一般为红色或粉色，偶有白色和黄色。花为大型，由内向外，呈发散型，有浓郁香气。一般在5—11月均可开花，南方地区通常在3—10月开放，北方地区通常在6—10月开放。中国是月季的原产地之一，月季是莱州、淮安、邯郸、南阳等城市的市花。

夏之篇章

二十四节气词鉴

太常引·立夏

蔷薇含笑品槐香。立夏沐春光。
青麦灌浆忙。稻田绿，悠悠幼秧。

蜻蜓点水，蝶儿舞梦，草木竞芬芳。
万物顺阴阳。东南指，天文地章。

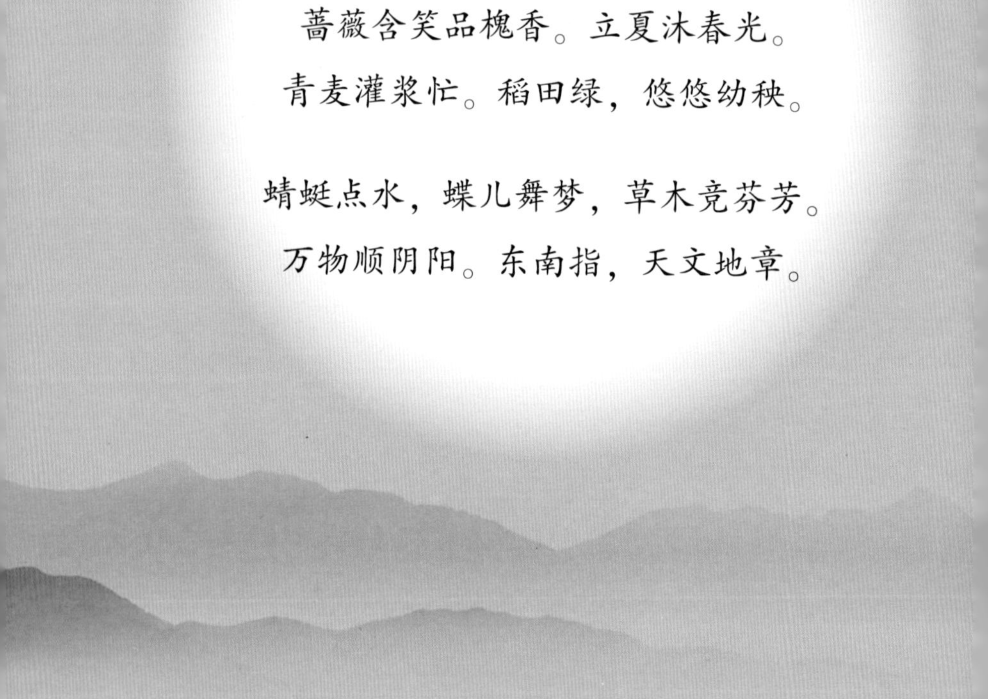

〔南宋〕马麟《写生蝴蝶花卉图卷》(局部)

一、咏唱

蔷薇与含笑花自春天开始吐蕊，于初夏仍在绽放。蔷薇笑靥明丽；含笑缱绻含蓄，花开而不放，似笑而不语。二者都在细细品味槐花的袅袅清香。槐花盛期将尽，倾心抓住此刻繁盛，不愿离去。春夏之交，春光尚在，花朵既向往夏日，也留恋春色，眼中似留有曼妙春景，心存芬芳，仍沐浴旖旎春光。

麦苗青翠蓬勃，忙着积蓄能量进入灌浆期，籽粒渐成形，迫切渴望成熟；稻田绿生生，田中秧苗稚嫩，闲适自在，悠然成长。

池水温热，蜻蜓在水面轻盈飞舞，点出涟漪圈圈，播撒生命点点。蝴蝶斑斓，敏捷轻巧，振翅而飞，翩翩而舞如梦似幻。花草树木皆舒展开来，顺时生长，不甘落后地迸发光彩，芳菲之幻美令蝶儿沉浸其中。

暖暖初夏，孕育与发展、成熟与衰退并存，万物生长都遵从自然之法。北斗七星之柄向东南一指，天象变化，地上亦规律运行，天地间和谐联动，共谱新篇章。

二、词牌与词谱

“太常”是官名，秦置奉常，西汉景帝改为太常，职掌宗庙礼仪及选试博士，为九卿之一。历代沿置，为司祭祀礼乐之官，清末废。“引”是古代乐曲体裁之一。

“太常引”有“导引之曲”的意思，据《填词名解》载：“《太常引》，汉周泽为太常，坚持斋戒，其妻窥内问之，泽大怒，以为干扰其斋戒，收送监狱。故有‘居世不谐，为太常妻’之谚。后人取其事以名词。或曰：太常，导引之曲也。”

“太常引”，一名“太清引”；因韩淲（biāo）词有“小春时候腊前梅”句，又名“腊前梅”。

“太常引”，共两体，正体为双调四十九字，前段四句四平韵，后段五句三平韵，以宋代辛弃疾《太常引·建康中秋夜为吕叔潜赋》为例：

一轮秋影转金**波**，飞镜又重**磨**。把酒问姮**娥**：被白发，欺人奈**何**？

中平中仄仄平**平**，中仄仄平**平**。中仄仄平**平**：仄中仄，平平仄**平**？

乘风好去，长空万里，直下看山**河**。斫（zhuó）去桂婆**娑**，人道是，清光更**多**。

中平中仄，中平中仄，中仄仄平**平**。中仄仄平**平**，中中仄，平平仄**平**。

元代刘燕哥《太常引·饯齐参议回山东》：

故人别我出阳**关**，无计锁雕**鞍**。今古别离**难**，兀谁画蛾眉远**山**。

一尊别酒，一声杜宇，寂寞又春**残**。明月小楼**间**，第一夜相思泪**弹**。

三、赏析

导引之曲谓之“太常引”，“立夏”是夏季的首个节气，正是夏季的序曲，本词末句的“**天文地章**”亦与古代乐曲体裁“引”相契合，故用该词牌。

本词上阕描绘了立夏时节具有代表性的花信和青麦灌浆、秧苗绿之景，展现成长的魅力。

“**蔷薇含笑品槐香**”，句中“**含笑**”一则指面含笑意，表达蔷薇花置身槐花香气中的优美愉悦之态，亦可凸显槐花的芬芳迷人，花容与花香两相交互形成一幅灵动立体的美好景象；二则指含笑花，含笑花的生长高度较蔷薇高，较槐花低，本句将三种植物由低向高有序呈现，含有逐步生长壮大之感，也是一种对美好未来的向往。

“**立夏沐春光**”，蔷薇、含笑、槐树等植物林立于夏天，与后面的另一个动作“**沐**”联动，通过两个本属不同时段的动作（立夏和沐春光）在同一时空下的共存，引出一个瞬间交界的状态，极具动态地呈现出一幅春夏交错时的景象，三种植物在物理上已入夏，而心仍在感受春意，接收春天的信息：蔷薇和含笑皆自暮春时节开放，沐浴着春光而来，将灿烂花容延续到夏季；槐花则在4—5月开放，仅开放10—15天，花期短，立夏时节正是其盛期，它愈知自己盛期将尽，愈是不愿离去，希望长沐春光。本句将花期长短不同、对立夏希冀不同的两者绘于同一景中，折射出对美好未来的憧憬以及对当下和过去的感念。

蔷薇、含笑和槐花都似于立夏时节沐浴春光，而麦苗、秧苗颇为享受夏日，风景独好，正是“**青麦灌浆忙。稻田绿，悠悠幼秧**”。“**青麦**”之“**青**”和“**稻田**”之“**绿**”在颜色上相对，均呈现出逐渐变绿、越发青翠的动态一幕；“**灌浆**”是小麦籽粒形成的一个阶段，是小麦积蓄能量走向成熟的阶段，麦苗之灌浆“成熟”与秧苗之“**幼**”亦形成鲜明的对比，进一步展现自然生长规律。

昆虫与植物息息相关，下阕以昆虫接续上阕的植物描写，完整描绘自然万物交互活动之节律，更以天文变化拓宽上阕的人间景象。

“**蜻蜓点水**”，颇有“小荷才露尖尖角，早有蜻蜓立上头”之意蕴，将初夏的意味渲染得更加浓郁，暗中点题；雌蜻蜓轻点水面，是在水中产卵，孕育新生命。

“**蝶儿舞梦**”，蝴蝶一般多在春夏之交（4 月下旬至 5 月中旬）出现，“**蝶儿**”是刚刚羽化的蝴蝶，向往着花丛翩飞的美好未来，亦竭尽全力舞出梦想，融入自然。

“**点水**”与“**舞梦**”两个动词将蜻蜓和蝴蝶的轻盈之态刻画得惟妙惟肖，跃然纸上，前者写实，后者由实入虚，正是蝴蝶之轻盈舞姿才似虚幻之梦境；“**舞梦**”亦可与“庄周梦蝶”

相联，更添一重梦幻意味。

“**草木竞芬芳**”则与“**蜻蜓点水**”“**蝶儿舞梦**”相衬托，草木生长呈“竞相”之势，可见其茂盛与灵动，正是草木之盛美才引得蜻蜓与蝴蝶的流连嬉戏、如坠梦境，进而将生物圈中彼此依赖、相依相生、相辅相成的规律不着痕迹地展露出来。蜻蜓展现孕育之美、蝶儿展露初生之美、草木呈现茁壮成长之美，完整地展现了立夏时节生命不同的状态与美感。

“**万物顺阴阳。东南指，天文地章**”收束全篇，太极阴阳即自然规律，盛与衰、青涩与成熟、竞争与依存，都是自然规律使然。“**东南指**”即北斗七星的斗柄指向东南方，是立夏时节的天象，再次点题。“**天文地章**”意指天文与地理虽有各自的运行系统与内在规则，却相通相联，彼此间往来呼应，形成一个完整的系统，暗含本词中描绘的所有现象都是与天象紧密联系，在自然规律运转中环环相扣，牵一发而动全身。言至此处，大千世界的悠长韵味、规律运行得到升华。

四、节气

立夏通常为每年公历 5 月 5—7 日。《历书》云："斗指东南维为立夏，万物至此皆长大，故名立夏也。"《月令七十二候集解》云："立，建始也；夏，假也，物至此时皆假大也。""假"是"大"的意思，也就是万物开始长大的意思。

立夏是温度升高、炎暑将临、雷雨增多、农作物进入旺季生长的一个重要节气。春花作物进入黄熟阶段，要及时抢晴收割，"多插立夏秧，谷子收满仓"。此时，大江南北水稻（早稻）栽插以及其他春播作物的管理进入了大忙季节；夏收作物进入生长后期，冬小麦扬花灌浆，油菜接近成熟，夏收作物年景基本定局，故农谚有"立夏看夏"之说；中稻播种也要抓紧扫尾。

杂草生长也很快，"一天不锄草，三天锄不了""立夏三天遍地锄"都说明中耕锄草对作物生长的重要意义。此时，昆虫活动也更加频繁。

立夏时节作物新盛，有尝新习俗，如苏州有"立夏见三新"之谚，"三新"为樱桃、青梅和麦子，用以祭祖；江南水乡有烹食嫩蚕豆的习俗；等等。

【含笑花】

双子叶植物纲、木兰目、木兰科、含笑属常绿灌木。花期3—5月，果期7—8月。高2～3米，树皮灰褐色，分枝繁密；叶革质，狭椭圆形或倒卵状椭圆形。原产中国华南南部各省份，广东鼎湖山有野生，生于阴坡杂木林中。芳香花木，苞润如玉，香幽若兰。

【槐】

豆目、豆科、蝶形花亚科、槐属落叶乔木。温带树种，喜欢光，喜干冷气候。槐树常植于屋边、路边，中国各地普遍栽培，以黄土高原和华北平原为最多。槐花又名洋槐花，一般将开放的花朵称为“槐花”，也称“槐蕊”，花蕾则称为“槐米”，广义的槐花包含花朵及花蕾。一般在每年四五月开花，花期一般为10～15天。

【麦】

被子植物门、单子叶植物纲、禾本目、禾本科、早熟禾亚科一年生或两年生草本植物，是麦类作物的总称，有小麦、大麦、燕麦、黑麦等。籽实主要做粮食或做精饲料、酿酒、制饴糖。明代宋应星《天工开物·麦》："凡麦有数种，小麦曰来，麦之长也；大麦曰牟、曰矿；杂麦曰雀、曰荞。皆以播种同时，花形相似，粉食同功，而得麦名也。"日常专指小麦，也指这种作物的籽实。"小麦"是小麦属植物的统称，是世界上分布最广、栽培面积最大的粮食作物。秆中空或基部有髓，有分蘖。叶片长披针形，喜温凉、光照充足和半干旱半湿润的生长条件。按播种期，分冬小麦和春小麦。麦粒富含淀粉和蛋白质，主要用于制面粉，麸皮可做精饲料和微生物培养基，秸秆可做编织和造纸原料。雨水时节，在拔节的麦苗，一望无际仿佛绿色的波浪。

【蜻蜓】

蜻蜓目、差翅亚目、蜻科和蜓科的不完全变态昆虫。蜻蜓在夏季生活在低海拔地区的池塘、湖泊、沼泽等静水环境，幼

虫在水中发育，它们一生经历三个阶段：卵、稚虫及成虫。经过一冬一春的发育，长成三四厘米长的幼虫，春夏之交飞出水面。蜻蜓的幼虫在水里经历多次蜕皮，起码要经过一年甚至两年及两年以上才沿水草爬出水面，再经最后蜕皮羽化为成虫。在我国中心地带，一般 4—9 月可见蜻蜓，蜻蜓最早在春天 4 月出现，夏末秋初为高发期，秋末冬初为截止期。

【蝴蝶】

昆虫纲、类脉总目、鳞翅目中一类昆虫的统称。蝴蝶属完全变态昆虫，一生需要经历卵、幼虫、蛹和成虫四个发育阶段，前三个发育阶段常被称为“幼期”。大部分蝴蝶触角为棒状或锤状，细长，底部略粗，两翅连锁器为翅抱，身体相对纤细。蝴蝶被誉为“会飞的花朵”。蝴蝶的活动直接受外界温度的支配，所以一般是在春季破蛹而出，在惊蛰过后开始出现，但此时较少；随着天气转暖，蝴蝶逐渐增多，夏天达到高峰，通常以 4 月下旬到 5 月中旬活动最为频繁；中秋过后又逐渐减少，到气温只有零上几摄氏度时基本上就看不到了。李白在《长干行》一诗中云“八月蝴蝶黄，双飞西园草”，可见蝴蝶能活动至秋季。

行香子·小满

小草芬芳，小菊金黄。苍天盈、小满荣昌。
佛桑映日，鸢尾流光。
照桃青涩，李青脆，麦青香。

莺歌柳舞，蛙鸣稻奏，绿波传、韵律宫商。
灵从天降，物竞存良。
望云悠哉，山悠远，水悠长。

〔宋〕扬无咎《画蝴蝶花（鸢尾）》轴（局部）

一、咏唱

小草知夏，青翠盎然，溢出阵阵清香。小菊应时，装束如金，绽出点点暖阳。苍穹如海，吐纳天地气流，朗润四方。万类风貌，荣而未骄，昌而未盛，含着成熟的热望。

佛桑花绽迎朝日，朵朵照见红霞。鸢尾花笑纳阳光，枝枝荡漾紫芳。日晖倾泻之下，桃果正碧，青涩口；李果甘脆，簇成团；无边麦田绿油油，麦穗初齐，颗粒渐饱满。

莺在枝头啼啭，柳随鸟声翩跹。蛙声风声响稻田，苗肥棵壮，绿浪涌，翠波翻，好似演奏动人乐章，一曲丰年愿。

天地合气，精魂从宇宙降入乾坤，化育洪荒。万物择位而居，适性而动，顺应自然规律，互竞雄长，去伪存真，去恶存善，生生不息。

望山间白云，缭绕变幻；远山连绵，叠嶂重峦；江河蜿蜒，水流绵长。

二、词牌与词谱

“行香”意为烧香，行香者多为上位之人。[1] 南宋程大昌《演繁露》云：“行香即释教之谓行道烧香也。”唐代张籍《送令狐尚书赴东都留守》诗云：“行香暂出天桥上，巡礼常过禁殿中。”“行香子”调名本义即以小曲的形式歌咏拜佛仪式中的绕行上香。

“行香子”，共八体，正体双调六十六字，前段八句四平韵，后段八句三平韵，以宋代晁补之《行香子·同前》为例：

前岁栽桃，今岁成**蹊**。更黄鹂、久住相**知**。微行清露，细履斜**晖**。对林中侣，闲中我，醉中**谁**。

中仄平平，中仄平**平**。中中中、中仄平**平**。中平中仄，中仄平**平**。仄中平中，中中仄，仄平**平**。

何妨到老，常闲常醉，任功名、生事俱**非**。衰颜难强，拙语多**迟**。但酒同行，月同坐，影同**嬉**。

中平中仄，平平中仄，仄中平、中仄平**平**。中平中仄，中仄平**平**。仄中平中，中中仄，仄平**平**。

---

① 丁福保．佛学大辞典［M］．上海：上海书店出版社，1991：1077.

宋代苏轼《行香子·过七里濑》：

一叶舟轻，双桨鸿**惊**。水天清、影湛波**平**。鱼翻藻鉴，鹭点烟**汀**。过沙溪急，霜溪冷，月溪**明**。

重重似画，曲曲如屏。算当年、虚老严**陵**。君臣一梦，今古空**名**。但远山长，云山乱，晓山**青**。

三、赏析

“行香子”中的“行香”，烟气缭绕，腾空而上是外形，以香传信是实质。“灵”——亘古绵延的精神，好似借一缕缕清香，连接起天地与万物。词的意旨，是要表达这种内蕴于万物、顺应自然、自强不息的精神。

上阕通过小草、小麦、佛桑等意象略加点染，一句一景，风采各异。

“**小草芬芳，小菊金黄**”，“**芬芳**”写嗅觉、气息；“**金黄**”写视觉、形貌，视角着眼于细微，从微花小草之处，便自然带出一股灵动的生命力。

“**苍天盈、小满荣昌**”，“**盈**”，经过一季的生长后，地上生命此时更加充盈，而其动力，是天之丰盈——各项气候条件适宜，满足生命继续生长的需要。“**盈**”与“**满**”互为支撑，同时“**小草**”“**小菊**”“**小满**”三个“**小**”字略加限定，恰如其分地展现出天圆地方之中，小得盈满之态。万物逐渐饱满，亦蕴含着要进一步发展成熟的趋势与希望。

“**佛桑映日，鸢尾流光**。”红日与佛桑相映，分外鲜艳。“**映**”既烘托出佛桑的颜色夺目，也引出鸢尾的灿烂。在丽日和光照耀、温煦暖流之下，花朵的光彩也在闪烁和流动。“**流**”也是对上句“**天盈**”“**小满**”的动态写照——由于盈满而流溢出来。

“**照桃青涩，李青脆，麦青香**。”“**照**”字仍接天与日，三种植物既有相同之处，又有差异。相同的是颜色，皆为青色，“**青**”正是“小满”的本色，如青春年华，意气风发但还未成熟，差异所在是生长的状态。桃子表皮青色，口感生涩，仍需蓄力生长；李子离完全成熟爽口还差一段阳光雨露；小麦半熟，开始灌浆饱满，还未穗头倾倒，已酝几分清香。

下阕继写莺、柳、蛙、稻，描绘小满景致。

“**莺歌柳舞，蛙鸣稻奏，绿波传、韵律宫商**。”“**歌**”“**舞**”“**鸣**”“**奏**”四字入耳、入眼、入心、入神。黄莺鸣声婉转，啼叫处，有如夏泉涌流，顿生欢心。杨柳枝条纤长，风拂而动，好像和着莺歌而舞动。蛙也不禁鸣叫，高声咏唱。稻田掠风，绿浪起伏，好似音波传送。“**传波**”一词为无形之物赋形，体现出一种内在的自然律贯穿小满时节音画歌舞诗篇中的种种事物，犹如“**韵律宫商**”①，奏出锦瑟和弦，长乐未央，并引出下句。

“**灵从天降，物竞存良**。”此句为点题之笔，是哲思，也是对上阕“**苍天盈**”的注解。“**灵**”有两解：一为“灵动”，花草鸟兽，青麦碧稻，一一活灵活现，生机勃发；二为“魂”，与

---

① 中国古乐基本音阶，宫、商、角、徵、羽，类似现在简谱中的 1、2、3、5、6，即宫（Do）、商（Re）、角（Mi）、徵（So）、羽（La），亦称作“五音”。

“**物**”相对，万物展现出的声气、形体以及个性都从天地本源中孕育而来，都有一种灵性贯穿。“**灵**”对“**物**”接触到的外在现象感受做出判断，赋予行动指挥，使不同个体具有不同特性，这种无形的信息，又使万物互相交流，形成有序、和谐的自然秩序。生命于自然之中，皆有自己的位置，有自己的生存目的。不同生命彼此交织碰撞，表现出“**竞**”。自然并非僵化不变，而是以不可抗拒的力量促使生命不断前行，奔赴各自命运，呈现的结果则是，不能顺应规律的，逐渐消亡；为了适应规律的，做出改变；适应并顺从规律的，存留并发展。“**良**”不仅是万物秩序的外在体现、本原归宿，更是无形的宇宙精神真、善、美本质的彰显，只有那些求真、求善、求美的事物，才为自然所接纳，才能长期保持竞争的活力与生机。

“**望云悠哉，山悠远，水悠长**。”笔触从对万物规律的沉思中移开，转至远方。云、山、水，铺展在画屏中，延宕至视界外，相互连接、相互依存、相互照看。世间万物无不囊括在这广阔辽远的天地之中，而天地之外，悠远悠长的，是宇宙无尽的奥秘。

四、节气

小满，于每年公历 5 月 20—22 日交节。“小满”之名，“满”一则代表雨水充盈，二则代表小麦饱满。小满节气期间，来自南方海洋的暖湿气流活跃，与从北方南下的冷空气在华南一带交汇，出现持续降水，如民谚云“小满，江河渐满”。北方尚未进入雨季，日照时间长，气温迅速上升，麦类等夏熟作物籽粒已开始饱满，进入乳熟后期，即物候所谓“麦秋至”，“此于时虽夏，于麦则秋”。头一年播种的冬小麦，会在小满前后成熟收获，是一年中收获的第一茬粮食。

古时，江浙一带在小满节气期间有祈蚕节，谓小满为蚕神诞辰。《清嘉录》记载：“小满乍来，蚕妇煮茧，治车缫丝，昼夜操作。”小满节气时，新丝行将上市，丝市转旺在即。

【佛桑】

“佛桑”通“扶桑”，又名朱瑾、佛瑾，锦葵目锦葵科，高可达6米，花多为艳红色，单生上部叶腋间，下垂，近顶端有节。西晋《南方草木状》记载，其茎叶与桑无二，花色娇艳，如同火焰，如太阳悬挂

其上。花朝开暮落，恰似传说中的“扶桑神木”。

【鸢尾花】

鸢尾属草本植物，因叶片平展如鸢尾而得名。4—5 月是花季，花开形大而奇，若翩翩彩蝶。鸢尾花的植物属名来自希腊语“彩虹”，喻指花色丰富，流光溢彩。从北宋年间开始，开白色花的鸢尾，被称为“玉蝴蝶花”。宋代扬无咎的《画蝴蝶花》轴中已有对鸢尾的工写，袅娜蹁跹，娇柔可爱。

【李】

李属蔷薇科李亚科。李属植物种类繁多，是重要的观花、观叶、观果植物。本属有 30 余种，主要分布在北半球温带，在中国多数自然分布在长江流域以北至西南山区。高 9 ~ 12 米，红褐色而光滑。花小，白色或粉红色，花期 4 月，果期 7—8 月，叶至秋呈红色。

【莺】

黄莺，也称“黄鹂”“黄鸟”等，分类上属鸟纲黄鹂科。《诗经·国风·周南·葛覃》就有“黄鸟于飞，集于灌木，其鸣喈（jiē）喈”之句。黄鹂在中国主要为夏候鸟，部分为留鸟。通常每年4—5月迁来中国北方繁殖，9—10月南迁，喜集群，常成对地在树丛中穿梭，叫声悦耳。

【蛙】

脊索动物门两栖纲无尾目。“蛙”一词常泛指皮肤光滑、善跳的无尾目动物，以区别于体肥、皮肤多疣、齐足跳的蟾蜍。蛙主要为水生，但有些种类陆栖，栖于洞穴内或树上。青蛙的发育过程大体经过受精卵、蝌蚪、幼蛙、成蛙四个时期，属于变态发育。夏季，雄蛙依靠喉部的一对声带发出响亮的鸣声。中国的蛙类有130种左右，几乎都是消灭森林和农田害虫的能手。

女冠子·芒种

芒收芒种，收忙种忙天弄，总匆匆。
挥汗朝阳里，埋头月色中。

水流山翠懒，日照野云慵。
谁在家中饮，女儿红[1]？

① 女儿红：糯米酒（南方黄酒）的一种，主要产于浙江绍兴一带。早在宋代，绍兴就是有名的酒产地。绍兴人家里生了女儿，等到孩子满月时，就会选酒数坛，泥封坛口，埋于地下或藏于地窖内，待到女儿出嫁时取出招待亲朋客人，由此得名“女儿红”。

〔清〕焦秉贞《耕织图册》纸本（局部）

一、咏唱

仲夏暑盛，有芒作物成熟，北方麦黄，江南秧绿。麦类长出尖尖的芒刺，结出颗颗饱满的麦粒，发出成熟待割的信号。晚稻等夏播作物，适逢播种时节，翘首盼着跟随自然节律跃入土壤，开启一轮新生。

收麦忙，种稻忙，田间尽是奔忙。暑热匆匆，劳作匆匆。生命之起承转合，皆是上天安排，于盛夏的匆忙间即得天道之酬。

日出而作，将汗水挥洒进清晨的第一缕阳光；月升仍不歇，伴着月色埋头田间，不敢有一刻倦息。

潺潺流水绕山转，凡流过皆无声滋养草木；山色葱茏，巍然静立，一派悠然闲适。太阳洒下赫赫光辉，金光万缕，云朵自在地卧于碧空，在暖阳的照耀下慵懒、惬意。

山水悠然，野云悠哉，有境自在逍遥，有人辛苦奔忙，谁能偷得浮生半日闲，在家中安饮一杯得来不易的女儿红？

二、词牌与词谱

“女冠子”，原为唐教坊曲名，后用作词牌名。“女冠”亦称“女黄冠”“女道士”“道姑”，唐代女道士皆戴黄冠，因俗女子本无冠，唯女道士有冠，故名。“子”是“曲子”的省称，调名本义为歌咏女道士情态的小曲。清代毛先舒《填词名解》云：“《女冠子》，唐薛昭蕴始撰此词，云：‘求仙去也，翠钿（diàn）金篦（bì）尽舍。’以词咏女冠，故名。《词谱》援汉宫掖承恩者，赐芙蓉冠子，或绯或碧。然词名未必缘此事也。”

小令始于温庭筠，长调始于柳永，柳永词一名“女冠子慢”。

“女冠子”，共七体，正体为双调四十一字，前段五句两仄韵、两平韵，后段四句两平韵，以唐代温庭筠《女冠子·含娇含笑》为例：

含娇含**笑**，宿翠残红窈**窕**，鬓如**蝉**。寒玉簪秋水，轻纱卷碧**烟**。

中中中仄，中中中平中仄，仄平**平**。中仄平平仄，平平仄仄**平**。

雪胸鸾镜里，琪树凤楼**前**。寄语青娥伴，早求**仙**。

中平平仄仄，中仄仄平**平**。中中平中仄，仄平**平**。

唐代韦庄《女冠子·昨夜夜半》：

昨夜夜**半**，枕上分明梦**见**。语多**时**。依旧桃花面，频低柳叶**眉**。

半羞还半喜，欲去又依**依**。觉来知是梦，不胜**悲**。

三、赏析

女道士谓之“女冠子”。“芒种”之中有顺应天时之道、忙闲之道，在精神层面与“道士”的道家意涵相联系，女道士在仙风道骨之外亦有躬身耕耘之辛劳，词末的女儿红亦得之于忙种之功，故用该词牌。

本词上阕写农人之忙碌，下阕以山水风光之慵懒、饮女儿红之闲适作对比，在强烈反差中体现农人在芒种时节的坚持与顺时而为。

麦类作物有芒，仲夏正是收麦之时；稻、黍、稷类作物亦有芒，仲夏亦是此类作物播种的好时节。“**芒收芒种**”聚焦于作物，展现了有芒的谷类不同的生长状态，将北方收麦与南方种稻的农耕全景描摹出来。

“**收忙种忙天弄，总匆匆**”，则从作物转而聚焦于农人，“芒种”又有“忙种”之意，是一个耕种忙碌的节气。此时的收、种，都受自然条件推动与限制，农人之因势而动、因时制宜的智慧便蕴含其中。“**匆匆**”与句中两个“**忙**”字照应，体现遵循着民谚“芒种不种，再种无用”所含的道理，农耕活动对自然气候亦步亦趋地追赶。

“**挥汗朝阳里，埋头月色中**”，从日出“**挥汗**”直到日落月起仍在“**埋头**”劳作，以纵向时间轴的变更加以不变的农忙动作，二者交行，从而更具体形象地对“**忙**”进行了刻画。

随着上阕的结束，下阕开启一幅完全不同的景象：“**水流山翠懒，日照野云慵。**”“**懒**”“**慵**”二字既可以形容山中涓涓流水、悠悠绿植和天上日光漫漫、闲云漫卷之景，也含有对山中闲云野鹤般悠哉生活的向往。折射出在交错纵横的时空当中，虽处同一时刻，有人在为农活不舍昼夜地劳苦奔忙，却也有人优哉游哉，在享受自由潇洒的闲散时光。

“**谁在家中饮，女儿红**？”把酒言欢也多是富有闲情逸致之举，与前句相得益彰地完成了下阕所绘的一幅肆意快活之景。此句有三重意蕴。其一，此时此刻，饮酒人非酿酒人，正如诗句“遍身罗绮者，不是养蚕人”所言，能畅饮女儿红的往往不是此时还在为基本生活劳碌的农人。其二，此刻有闲情逸致畅饮女儿红的人，未必能真正品出其中的味道，种植，收割，将粮食酿成酒埋于地下，18 年后才成好酒的女儿红中饱含的情感沉淀，饮酒人真的懂得吗？其三，此刻辛劳的农人以勤劳的双手酿造未来的幸福生活，谁说未来不能成为饮酒人呢？那究竟是谁在饮女儿红，又是谁能品出真正滋味呢？尾句留下的这一问，使整篇描绘的两种情境对比更加耐人琢磨，发人深省。

四、节气

芒种，于每年公历6月5—7日交节。芒种时节气温显著升高、雨量充沛、空气湿度大，全国大部沿江多雨；西南西部的高原地区冰雹天气开始增多；长江中下游地区先后进入梅雨季节（雨日多，雨量大，日照少，有时还伴有低温）。芒种时节，农作物生长旺盛，需水量大，适中的梅雨对农业生产十分有利。梅雨过早易造成洪涝灾害，梅雨过迟或梅雨过少甚至“空梅”会使作物受到干旱的威胁。

芒种是一个耕种忙碌的节气，民间也称为“忙种”。芒种至夏至这半个月，是秋熟作物播种、移栽、苗期管理和全面进入夏收、夏种、夏管的“三夏”大忙高潮：华北地区，一般麦田开始收割；华中地区，抢晴收麦，选留麦种；华南地区，早稻追肥，中稻耘田追肥，晚稻播种，早玉米、早黄豆收获，晚黄豆播种；等等。农事耕种以芒种这一节气为界，过此之后种植成活率会越来越低。

每年五六月是南方地区梅子成熟的季节，南方地区人们在芒种有煮梅活动，皖南地区有安苗习俗，一些地区还有送花神活动。

阮郎归·夏至

日长日短北回归，阮郎①夏至违。
山中花草共芳菲，芬香留与谁？

清风软，绿波微，蛙鸣稻正肥。
荷花偎叶吐心扉，花开映日晖。

① 阮郎：出自《太平御览》卷四十一，引南朝宋刘义庆《幽明录》。汉明帝永平五年（公元62年），阮肇、刘晨二人共入天台山采药，回家路上陷入危险，先以桃充饥，后遇二仙女，被招为婿，去往对方家中半年，下山时却发现已过十代。

〔清〕王图炳《荷花图》(局部)

一、咏唱

日光长至，日影短至，是晃晃圆日直射北回归线；日已踏归程，此后牵扯着白昼慢慢回缩。阮郎结缘丽人而忘归，沉醉桃源，时过夏至，纷繁红尘已久违。

山林叠翠，花影缤纷，绿草萋萋，流溢芬芳，共享盛景。花草芳香弥漫山野，阮郎终下山，此番香艳又留给谁人去赏？

六月的风清新柔和，从田间轻缓而过，染得水稻越发青翠。迎风缓缓起舞，微微泛起一阵绿漪，正是株株丰腴水稻，挤满田间茁壮成长。四处不见蛙影，但闻蛙声悠扬，欲把丰年报。

荷花依偎着荷叶，欣然吐露花蕊，敞开心扉向阳而开，感念日光的恩泽，与留映于花瓣上的暖暖光辉彼此交融，浑然一体。

二、词牌与词谱

“阮郎归”，词牌名，以阮肇、刘晨遇仙而复归事得名。《神仙记》载阮肇、刘晨入天台山采药，遇二仙女，留住半年，思归甚苦。既归则乡邑零落，已十世矣。曲名本此，故作凄音。而唐教坊曲有《阮郎迷》，疑为其初名。

“阮郎归”，又名“醉桃源”“醉桃园”“碧桃春”。

“阮郎归”，共两体，正体为双调四十七字，前段四句四平韵，后段五句四平韵，以五代李煜《阮郎归·呈郑王十二弟》为例：

东风吹水日衔**山**，春来长是**闲**。落花狼藉酒阑**珊**，笙歌醉梦**间**。

中平中仄仄平**平**，平平仄仄**平**。中平中仄仄平**平**，平平仄仄**平**。

佩声悄，晚妆**残**，凭谁整翠**鬟**？留连光景惜朱**颜**，黄昏独倚**阑**。

平仄仄，仄平**平**，平平仄仄**平**？中平中仄仄平**平**，平平仄仄**平**。

宋代辛弃疾《阮郎归·耒（lěi）阳道中为张处父推官赋》：

山前灯火欲黄**昏**，山头来去**云**。鹧鸪声里数家**村**，潇湘逢故**人**。

挥羽扇，整纶**巾**，少年鞍马**尘**。如今憔悴赋招**魂**，儒冠多误**身**。

三、赏析

阮刘遇仙，结缘丽人，此为“醉桃源”；半年后终离桃源，亦为“阮郎归”。夏至时节，人间芳菲美景亦是桃源，尤以“稻正肥”为最，需要人们回归人间细细品味，莫要流连山中仙境，故用词牌“阮郎归”。

本词以天文时令始，继而由时光飞逝的恍惚仙境转入人间六月芳菲实景。

“**日长日短北回归**”，夏至这一天太阳直射北回归线，北半球的白昼达到一年中最长，太阳照射下物体的影子最短，此意与古籍《恪遵宪度》所云相同，“日北至，日长之至，日影短至，故曰夏至。至者，极也”。此句也有另一重意味，“**日**”可解为白天，“**日长日短**”即呈现出夏至前白昼时间逐渐拉长以及到达北回归线后白昼又逐渐缩短的动态画面。“**日**”还可解为日子、时间，与后句的典故相呼应。

“**阮郎夏至违**”借用阮郎上山采药，寻着桃源偶遇丽人，山上半年时光，下山时却恍然已历十世的典故，这里时间流逝的快与慢恰与“**日长日短**”意蕴相契。

“**夏至**”与“**北回归**”为正对，双双点题。而“**违**”与“**归**”成反对，日已归而人未归——典故中山上桃熟、药草茂盛本就在6—8月，正是盛夏，夏至时节阮郎本应采药而“**归**”，如今却无兆而“违”，或许是流连仙境，久留于桃源，久违于红尘、家人；抑或“宿福所牵”，又执意求归，违了仙子？

“山中花草共芳菲，芬香留与谁？”此句所述之景亦幻亦真，阮郎终下山，桃源仙境中花草葳蕤、香气馥郁，终又给谁赏，此为幻境；夏至时节山林本就花草繁盛，此为实景。

上阕最后留下的一问“留与谁”，亦可不必纠结于答案是何人，各种景物自有其姿态，自得其乐。

“清风软，绿波微，蛙鸣稻正肥”，是风吹稻田的和谐景致。“清风软”与“绿波微”一则以完全相对的结构描述夏至时“清风”与“绿波”的并列共存关系；二则加以“稻正肥”进一步凸显农作物顺应时令的生长态势，呈现出由“清风”温软地吹动茁壮生长的水稻，产生一波波绿浪的动态景象。

“荷花偎叶吐心扉”，一个“偎”字将花与叶相互扶持、共荣共生的情态款款道来。“吐心扉”，既是荷花与荷叶相依耳语，向荷叶倾诉彼此守护的情谊；更是荷花向太阳吐露心绪，感激太阳洒下暖暖光辉，为荷花的怒放乃至万千生命的成长提供条件。这便引出了“花开映日晖”，荷花感应日晖的馈赠而愉悦盛开，真真是“心花怒放”。此为日照荷花、荷叶的共生景象，一个有机生命系统自然天成。

整个下阕描写山下之景，以荷花、青蛙、水稻等动植物见微知著地呈现出夏至时节的自然规律，并与上阕的山中之景相互映衬，或可理解为阮郎离开仙境重归凡尘所见之景，引人思考究竟何处才是仙境。

四、节气

夏至，于公历6月21—22日交节。夏至是太阳北行的转折点，夏至过后太阳直射点开始从北回归线（北纬23°26′）向南移动。

夏至前后，淮河以南早稻抽穗扬花，在田间水分管理上要做到足水抽穗，湿润灌浆，既满足水稻结实对水分的需要，又能透气养根，保证活熟到老，提高籽粒重。俗语有“夏种不让晌”，夏播工作要抓紧扫尾，已播的要加强管理，出苗后应及时间苗、定苗，移栽补缺。

夏至时节，各种农田杂草和庄稼一样生长很快，不仅与作物争水、争肥、争阳光，而且是多种病菌和害虫的寄主，因此农谚说：“夏至不锄根边草，如同养下毒蛇咬。”抓紧中耕锄地是夏至时节极其重要的增产措施之一。

我国传统的推算方法规定，夏至后的第三个庚日为“初伏”之始，第四个庚日为“中伏”之始，立秋后第一个庚日为“末伏”之始。初伏、中伏和末伏统称为“三伏”，是我国全年中气温最高、气压低、湿度大、风速小的潮湿闷热时段。初伏、末伏各长10天；中伏的天数则有长有短，可能是10天，也可能是20天，这取决于每年夏至节气后第三个庚日（初伏）出现日期的迟早。三伏一般出现在小暑与处暑之间。三伏中的

“伏”，有两层含义：一是表示阴气受阳气所迫藏伏地下；二是表示天气太热，宜伏不宜动。以2022年为例，初伏为7月16—25日，长10天；中伏为7月26日—8月14日，长20天；末伏为8月15—24日，长10天（见下表）。

2022年 6月	20	21 夏至 （乙巳）	22 （丙午）	23 （丁未）	24 （戊申）	25 （己酉）	26 （庚戌）
	27 （辛亥）	28 （壬子）	29 （癸丑）	30 （甲寅）	1 （乙卯）	2 （丙辰）	3 （丁巳）
7月	4 （戊午）	5 （己未）	6 （庚申）	7 小暑	8	9	10
	11	12	13	14	15	16 初伏 （庚午）	17 （辛未）
	18 （壬申）	19 （癸酉）	20 （甲戌）	21 （乙亥）	22 （丙子）	23 大暑 （丁丑）	24 （戊寅）
	25 （己卯）	26 中伏 （庚辰）	27	28	29	30	31
8月	1	2	3	4	5	6	7 立秋 （壬辰）
	8	9	10	11	12	13	14
	15 末伏 （庚子）	16	17	18	19	20	21
	22	23 处暑	24	25	26	27	28

【荷花】

荷花又名“莲花”“水芙蓉”等，是毛茛目、莲科、莲属直立多年生草本植物，是被子植物中起源最早的植物之一。荷花是我国传统十大名花之一，栽培历史悠久，我国古代第一部辞书《尔雅》中就有详细记载。荷花的地下茎（莲藕）长而肥厚，有长节；叶盾圆形，花瓣多数嵌生在花托穴内，单生于花梗顶端，有红色、粉红色、白色、紫色等颜色，或有彩纹、镶边。荷花多于5月开花，5—9月皆可见。

长相思·小暑

中稻香，早稻香。
甘露温风小暑妆，荷塘叶闪光。

一声扬，两声扬。
欲照蛙鸣萤火忙，夜深蝉意长。

〔清〕翁雒（luò）《草虫花卉图·其七·花石柳蝉图》

一、咏唱

中稻尚青青，拔节向上，透着淡淡清香。早稻已成熟，风起金穗千重浪，满载谷粒香。

雨露阵阵，洒进稻畦中。温风徐徐，把一片片庄稼滋养。小暑天的光与热，给了稻田生长的能量，化出丰沃的模样。日光倾泻在稻畔的荷塘，荷叶闪烁点点金光。

夜幕落下，青蛙在稻田里欢唱。一声又一声，一段又一段，高昂的声音在夜色中回响。

萤火虫飞旋在空中，追随着歌声，前前后后，上上下下，打着灯光，想把蛙的舞台照亮。夜的脚步走向深处，蝉还在树上鸣叫不休，声音穿透了夜晚，其中饱含了多少意味，深深长长。

二、词牌与词谱

“长相思”，原为唐教坊曲，《古诗十九首》有：“客从远方来，遗我一书札。上言长相思，下言久离别。”“长相思”为乐府旧题，南朝萧统、陈后主等均有诗作，多抒写离别相思之情。“长相思”又名“吴山青”，取宋代林逋之词；或“山渐青”，出自张辑“江南山渐青”句。

“长相思”，共五体，正体为双调小令，三十六字，前后段各四句三平韵、一叠韵，以宋代万俟咏（“万俟”为复姓，读mò qí）《长相思·一声声》为例：

一声**声**，一更**更**。窗外芭蕉窗里**灯**，此时无限**情**。
中中平，中中平。中仄平平中仄平，中平中仄平。
梦难**成**，恨难**平**。不道愁人不喜**听**，空阶滴到**明**。
中中平，中中平。中仄平平中仄平，中平中仄平。

唐代白居易《长相思》：

汴水**流**，泗水**流**，流到瓜州古渡**头**。吴山点点**愁**。
思悠**悠**，恨悠**悠**，恨到归时方始**休**。月明人倚**楼**。

三、赏析

“长相思”之用意，既表达农人把庄稼的长势一直挂在心上，不断念想与盼望着丰收，也体现在对物、对时进行的长远观察与思考上。

上阕描绘夏日稻香图。

“**中稻香，早稻香**。”长江中下游种植水稻，有早、中、晚之分，通过把握水稻的收割时间，适时播种，适时收获。中稻种植晚，育期长，到小暑时，还呈现青色。而早稻从播下之后，日照渐长，气温渐高，雨水渐多，到小暑时已吸收足天地精华，粒满而黄熟。稻不同，香自异，但“**香**”中，都有丰收的甜蜜。

“**甘露温风小暑妆，荷塘叶闪光**。”由稻香至稻色。甘甜雨露和温暖风气润养了稻，稻由内而外有了好气色。有了雨露、香稻，小暑光景之中满含欣喜。随着暑日升高，降下一片湿气，在午后阳光照射下，稻田旁的荷塘里，荷叶如翡翠一般碧绿通透，反射出醉心的光彩。一个“**妆**”字，暑天装点了稻田与荷塘，风景也装点了暑天。

下阕倾吐乡间夜闻。

“**一声扬，两声扬**。”起句先闻“**一声**”“**两声**”，声声不断。连用两个“**扬**”字，声音响亮，表达着对中稻茁壮成长和早稻成熟的喜悦之情，也表达了对农民辛勤耕耘的赞颂，以及对丰收在望的期待。扬声者意兴高涨，吸引了众多观众，但由于被夜幕遮挡，只闻其声，于是引出下句。

“**欲照蛙鸣萤火忙，夜深蝉意长**。”萤虫擎灯而出，想要给蛙的舞台打上亮光。萤光飞舞，恰似闪闪烁烁、挥舞起来的荧光棒，给这场赞美丰收的演唱会渲染气氛。“**照**”字将“鸣之音”与“火之光”结合起来，萤火虽微，但鸣声嘹亮。“**忙**”，萤火上下飞舞忙，又隐连着上阕——稻熟将要收割忙。

暑热不息，生命不歇。“**蝉意长**”，蝉破土而出后，生命短暂，长鸣不舍昼夜。这鸣声淡定绵长，与兴奋欢快的蛙鸣形成了些许对比，为热烈的场面加入深沉，似乎在说，这一季稻谷要丰收了，但未来还有很多事情不能确定；又似乎在说，晚上的欢唱虽然美好，但曲终散场之后又会是什么样的景象呢？“**蝉意**”与“禅意”谐音，这声音中又饱含了多少禅意呢？

四、节气

小暑，干支历午月的结束以及未月的起始，于每年公历7月6—8日交节。

《千字文》中有“寒来暑往”，指小暑、大暑与小寒、大寒都是直接反映气温变化的节气。小暑的标志是出梅、入伏。长江中下游梅雨天气终止，绝大部分地区将进入盛夏高温季。华南、西南、青藏高原地区处于西南季风雨季中，而长江中下游地区则一般为副热带高压控制下的高温少雨天气。

伏日人们食欲不振，往往比常日消瘦，俗谓之“苦夏”，因此很多习俗和饮食有关，如“食新”，即将新割的稻谷碾成米后，做好饭供祀五谷大神和祖先，表示感恩，然后人们吃尝新酒等。北方也有“头伏饺子二伏面，三伏烙饼摊鸡蛋”的习俗。

【蝉】

俗名“知了”，古代称为“蜩”（tiáo），属昆虫纲、有翅亚纲、半翅目、颈喙亚目蝉总科，有两千多种。蝉将刺一样的喙扎入树木吸取液体。蝉只有卵、幼虫和成虫三个阶段，没有蛹的状态。中国蝉在成虫前的穴居时间为 3 ~ 7 年，发育成熟后于 5 月下旬至 8 月下旬破土，垂直抱在树干上，蜕壳羽化为成虫，寿命 23 天至 3 个月。羽化后，雄性蝉就开始“一展歌喉”，依靠腹部鼓膜震动发出声响；雌性蝉没有鼓膜，无法鸣叫。

蝶恋花·大暑

早稻抢收栽晚稻。早晚辛劳，只恨时间少。
大暑天笼蒸肉饺，汗流浃背蚊虫咬。

日照荷塘风正妙。绿叶飘香，红粉花儿窈。
中稻无边青渺渺，稻中有道风光好。

〔明〕陈洪绶《荷花鸳鸯图》（局部）

一、咏唱

烈日炎炎，炙烤大地，早稻田里，一片金灿灿，稻穗沉甸甸，熟透的早稻等待人们收割；暑热时分正是晚稻栽种的关键时机。这边田里匆匆收割早稻，那边田里急切栽插晚稻。

人们向天抢时间，奏起“双抢”的劳动号子。从白天忙到黑夜，从黑夜再忙到白天，收割、插秧连轴转，只恨一天太短，只恐大暑到立秋时间太少。

热气蒸腾不止，在天地之间形成一个巨大的蒸笼，蒸熏着万物。人们仿佛被蒸烤的肉饺，汗水涔涔，湿透衣裳；蚊虫又凶猛异常，时时叮咬着肌肤，又热又湿，又痒又痛，令人难受至极。忙碌的人们却无暇顾及，已忘了浑身痒痛难耐。

烈日照射下的荷塘，是另一番风光：池水温热，暑风神妙，正适合荷花生长。荷塘上洋溢着荷叶的清香，荷叶葳蕤，根茎扎在塘水中，圆圆的头探出水面，幽幽香气随着温热的风越飘越远。红色的、粉色的、白色的、粉中带白的荷花傍日而开，一朵朵荷花纯洁高雅，静立水中时娴静美好，摇曳风中时婀娜多姿。

田里的中稻，依旧青青翠翠，闲适而泰然，茁壮成长，享受青春的绽放。田中青色，浓郁渺远，连绵成片，望不到尽头。

大暑时节，水稻风采各异：中稻青翠仍在生长，早稻金黄已经成熟，晚稻柔嫩还是幼苗。这恰恰蕴含着大自然精妙的安排，都是自然赋予人间的大好风光。

二、词牌与词谱

“蝶恋花”原是唐教坊曲，后用作词牌。关于“蝶恋花”调的来源，学者说法不一。学者公认“蝶恋花”之名采于前人诗句①，原以“鹊踏枝”之名列于唐教坊曲。而关于改“鹊踏枝”为“蝶恋花”的作家及作品，则历来争议颇多，大致可以分为两派：一派认为，南唐李煜的《蝶恋花·遥夜亭皋闲信步》，易名为“蝶恋花”；另一派认为，北宋晏殊易名（如《钦定词谱》观点）。随着研究的不断深入，现在基本可以确定是李煜将“鹊踏枝”易名为“蝶恋花”。

“蝶恋花”，又名“凤栖梧”“黄金缕”“卷珠帘”“明月生南浦”“细雨吹池沼”“一箩金”等。该调尤以“鹊踏枝”“蝶恋花”“凤栖梧”使用为多。

“蝶恋花”，共三体，正体为双调六十字，前后段各五句四仄韵，以五代冯延巳《蝶恋花·六曲阑干偎碧树》为例：

六曲阑干偎碧**树**，杨柳风轻，展尽黄金**缕**。谁把钿筝移玉**柱**，穿帘海燕双飞**去**。

① 关于“蝶恋花”名称的由来，学界多认为出自梁简文帝萧纲《东飞伯劳歌》（其一）中的诗句，诗曰：“翻阶蛱蝶恋花情，容华飞燕相逢迎。”后人从诗句中巧取“蝶恋花”三字作为词牌名，蝶恋花，花亦恋蝶，赋予词牌名更多诗意和动感，还带有浓厚的情感色彩。“鹊踏枝”“凤栖梧”是“蝶恋花”较常见的别称。

中仄中平平仄仄，中仄平平，中仄平平仄。中仄中平平仄仄，中平中仄平平仄。

满眼游丝兼落絮，红杏开时，一霎清明雨。浓睡觉来莺乱语，惊残好梦无寻处。

中仄中平平仄仄，中仄平平，中仄平平仄。中仄中平平仄仄，中平中仄平平仄。

宋代柳永《蝶恋花·伫倚危楼风细细》：

伫倚危楼风细细，望极春愁，黯黯生天际。草色烟光残照里，无言谁会凭阑意。

拟把疏狂图一醉，对酒当歌，强乐还无味。衣带渐宽终不悔，为伊消得人憔悴。

三、赏析

春末夏初以后，蝴蝶置身花丛，飞舞流连，本就是无边美景；大暑时节，酷热难耐，加之“双抢”的极度疲劳与煎熬，农人更是希冀沐浴春风，眷恋“蝶恋花”这一赏心悦目的景象。词中亦有荷花，见花更思花儿的美丽使者——蝶。世间有灵之动物与植物相互依存、和谐共生，一如蝴蝶与花、农人与稻，故用词牌“蝶恋花”。

本词上阕言农人之辛劳，下阕凸显生物之荣昌，描摹了田中劳作的人们与荷花、水稻不同的状态，整体展现了万物对大自然的不同感受。

“**早稻抢收栽晚稻**”，“**抢**”字凸显了大暑时节紧张异常的氛围。一则“抢收”，大暑至立秋工期紧张，人们突击收割早稻，手上动作麻利，脚下移动迅速，就是为了早些割尽稻谷，空出田地，好在里面栽上晚稻；二则“抢栽”，人们争分夺秒、争先恐后，在空出的田地上栽插晚稻，好让早稻、晚稻两季连作，确保收成。“抢收”与“抢栽”便谓之“双抢”。

“**早晚辛劳，只恨时间少**”，人们在“双抢”中夜以继日地辛苦劳作，身体上最大的特点是“**辛劳**”；而心理上最大的感受是“**恨**”，担忧时间不够用，晚稻插晚了，抽穗期遇到寒露风容易受损、倒伏，收成就会大减。一个“**恨**”字很好地呼应了首句的“抢”字，进一步强化了人们与天抢时间的意志与努力，宁愿付出巨大的辛劳，也要夺取“双抢”的胜利。

“大暑天笼蒸肉饺，汗流浃背蚊虫咬”，把早晚辛劳的场景具体化，把细节放大。大暑天劳作，一是湿热，热的程度好像笼上蒸肉饺，人们汗流浃背；二是被蚊虫叮咬，又痛又痒。“蚊虫咬”蕴含多意，写尽人们的不屈与坚守：蚊子夜间活动最频繁①，喜欢潮湿、有水的地方，易被人的体热及运动吸引，因而“蚊咬”一则衬托人们在水田中插秧的湿热交加、大汗淋漓的细节；二则凸显劳作时间之长，从侧面显示人们收割堆垛、选秧插秧至深夜。“虫咬”则凸显农田泥水中与低空中肆虐而动的场景，泥水中蚂蟥吸血本就不易察觉，埋头插秧的人们更是无暇顾及，只能任凭蚂蟥吸血；田中低空盘旋的各种昆虫也飞扑而来，种类和数量之多难以言说，只留下处处大包、小包，人们痛痒难耐。这份辛劳如此难耐，但劳作的人们根本顾不上热气蒸腾和蚊虫叮咬，只是咬牙坚持下去。

同一轮日照出不同景象，上阕是日照农田中辛勤的劳动者，充满艰辛和担忧；下阕是日照荷塘和稻子，它们充满生机与活力，与劳动的农人形成鲜明的对比。

下阕首句“日照荷塘风正妙”，“妙”字奠定了下阕的基

① 蚊子白天也活动，但较少。蚊子寻找目标是通过嗅觉和红外线来感知的，晚上干扰项少，更容易找到目标，感知系统更加准确，觅食效率更高。

调。一妙为风光妙："**绿叶飘香，红粉花儿窈**"，绿叶与红花相映成趣，花香与花色融为一体。二妙为大自然的奥妙：一番暑热、一番风，日照蒸熏出香气、照红了花瓣，热浪激发荷花生长，风把叶与花不同的香气传送到四周、吹动荷花轻舞，太阳与风配合默契，助万物生长。三妙为农人的心境奇妙：农人即使极度疲惫，也满含着对美好生活的向往，身在稻田，心有好风光，此荷塘光景究竟是幻还是真？恰也暗点词牌"蝶恋花"。

中稻的无边渺远、引人遐想与荷塘的亦幻亦真相承接。"**中稻无边青渺渺**"，中稻一片青翠，无边无际，长势良好。中稻生育期较长，是单季稻，无须经历"双抢"，自是一派悠闲。"**渺渺**"是悠远辽阔之意，是远眺所见之景，此处是宏观远景。与前文细节形成远近对比，与早稻、晚稻和人之忙碌亦形成闲忙之对比。

"**稻中有道风光好**"，水稻有自身的生长规律：大暑时节早稻已经成熟，成为谷粒，这是成熟饱满之美；中稻青翠茁壮，这是生机勃发之美；晚稻柔嫩，这是幼嫩且充满希望之美。"**稻**"和"**道**"亦互为谐音，一语双关，道明水稻中有无穷深意，同时也是自然规律之小小一角，可见自然更是蕴含无穷无尽的道法。

四、节气

大暑是夏季最后一个节气，于公历7月22—24日交节。大暑，指炎热至极。大暑是一年中阳光最猛烈的节气，常处于中伏期间，“湿热交蒸”在此时达到顶点①。我国季风气候表现出雨热同期的特点，大暑前后，气温最高、雨量充沛，是农作物生长最快的时期。

此时，在副热带高压控制下的长江中下游地区，骄阳似火，风小，湿度大，更叫人感到闷热难安，整个长江中下游地区就是一个大“火炉”。夏季多种作物害虫活跃，在高温下施药防治时更要特别注意个人防护。长江中下游地区在大暑时节正经历“双抢”，收割成熟早稻，栽插晚稻。水稻生长周期如下表所示。

生长规律	早稻	中稻	晚稻
播种	3月底—4月初（清明之前）	4月初—5月底	6月中下旬（6月底—7月初）
插秧	4月底—5月初（五一之前）		7月中下旬（立秋前完成）
成熟	7月中下旬	9月上中旬	10月上中旬
收割	立秋前完成	9月中下旬	10月下旬—11月初
生育期	较短，90～120天	较长，150～170天	120～150天

① 《月令七十二候集解》说：“暑，热也，就热之中分为大小，月初为小，月中为大，今则热气犹大也。”《通纬·孝经援神契》说：“小大者，就极热之中，分为大小，初后为小，望后为大也。”

续表

生长规律	早稻	中稻	晚稻
其他	早稻与晚稻连种，俗称“双季稻”。7 月下旬—8 月上旬这段时间称为“双抢”	一年种植一季	

资源来源：笔者整理。

大暑时节有晒伏姜保健、喝茯茶祛暑、烧伏香祈福等习俗，还有斗蟋蟀、送“大暑船”出海等活动。

【蚊】

双翅目、蚊科、蚊属小型昆虫。蚊体细长，分头、胸、腹三部分，呈灰褐色、棕褐色或黑色。蚊为完全变态发育：常在植物茂盛的水中繁殖，卵单个产于水面，孵化为水生幼虫（孑孓）；蚊蛹与大多数昆虫不同，能活动，靠胸部的呼吸管呼吸；成蚊从蛹壳钻出后立即交配。雌蚊多数需吸血一次后体内的卵才成熟；雄蚊食花蜜和植物汁液，雌蚊有时亦食。蚊子的寿命依种类而异，一般为2 ~4周。蚊的叫声是翅的快速扇动引起的。蚊易被寄主的湿气、乳酸、二氧化碳、体热及运动吸引。按蚊属是传播疟疾的唯一媒介，还传播丝虫病和脑炎等疾病。

秋之篇章
二十四节气词鉴

江城子·立秋

立秋荷叶满塘香，绿流觞，意轻狂。
粉嫩荷花，绿叶作衣裳。
玉立莲蓬清水漾，风拂面，日吹光。

污泥浊水藕茎昌，体肥长，貌嚣张。
负重爬行，空腹捋饥肠。
洁白留心传气节，承苦难，送芬芳。

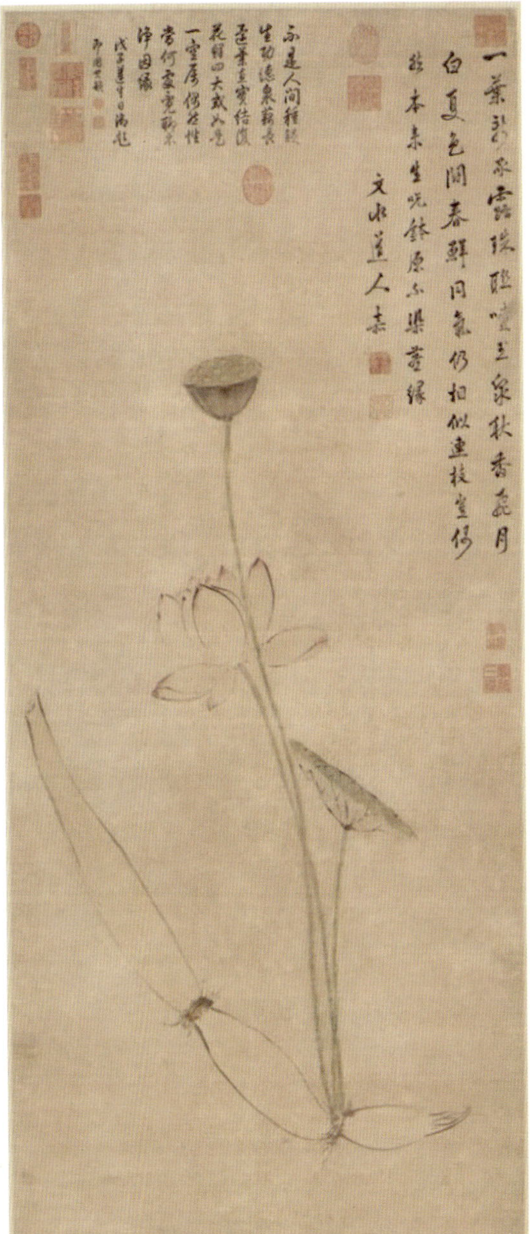

〔明〕文嘉《莲藕净因图》

一、咏唱

一汪秋池碧水中，荷叶亭亭而立，绿茎摇曳，散发清香，充溢整片荷塘。叶片凝翠浮绿，浓色欲流。风慕翠而来，翻动荷叶，连连不休，好似碧杯流转，放醉纵酣，意动难收。

绿叶如此妖娆，身处荷花之下，正好做她的衣裳。荷花身着碧罗裙，面庞淡点胭脂，粉色窈窕，玉洁冰清，疏丽的倩影，映画在池塘上。

莲蓬亭亭秀立，更出于花叶之上。荷叶是她的玉扇，荷花是她的从伴，莲蓬的倒影惊动了池水，惹得涟漪泛起，心神荡漾。天上太阳，慢吐日光，溶溶点点，轻抚她的容颜。

水上风荷，如梦如痴。水下莲藕，可有谁知？

四周污泥浊水，日夜侵袭。莲藕汲取养分，一分一毫，日累月积，才长得三尺躯臂，体大肢肥。际遇造就了藕彪悍的模样，看似蛮横不讲理，自大又狂妄。

身上压着泥浆，腹中辘辘作响，趴在池底动弹不得，搜肠刮肚，忍受饥凉。

莲藕其貌不扬，心地洁白如玉，胸中慷慨满正气，身骨怀节不屈。甘受压迫与冷眼，勤勤恳恳，默默无闻，撑起水上荷塘，送出一片芬芳。

二、词牌与词谱

“江城子”起源于晚唐五代时期的行酒令，在筵席上流行，又名“江神子”“村意远”“水晶帘”。“江城子”之“江”为长江。沿长江兴起的一些城市，如重庆、武汉、南京等都被人以“江城”称呼。据考，词牌中的“江城”可能始指南京。早在五代后蜀，欧阳炯就用“江城子”填词，词以“如西子镜，照江城”结尾，正与词首“晚日金陵岸草平”中的金陵（南京）对应，故清代的李良年在《词家辨证》说，欧阳炯还原了词调的本意。

在韦庄的《花间集》以及其他晚唐五代留存下来的词中，“江城子”为单调，有四体。双调至宋朝得到普及。

“江城子”，双调七十字，前后段各七句五平韵，以宋代苏轼《江城子·江景》为例：

凤凰山下雨初**晴**，水风**清**，晚霞**明**。一朵芙蕖，开过尚盈**盈**。何处飞来双白鹭，如有意，慕娉**婷**。

中平中仄仄平**平**，仄平**平**，仄平**平**。中仄中平，中仄仄平**平**。中仄中平平仄仄，平中仄，仄平**平**。

忽闻江上弄哀**筝**，苦含**情**，遣谁**听**。烟敛云收，依约是湘**灵**。欲待曲终寻问取，人不见，数峰**青**。

中平中仄仄平**平**，仄平**平**，仄平**平**。中仄中平，中仄仄平平。中仄中平平仄仄，平中仄，仄平平。

苏轼《江城子·密州出猎》：

老夫聊发少年狂，左牵黄，右擎苍，锦帽貂裘，千骑卷平冈。为报倾城随太守，亲射虎，看孙郎。

酒酣胸胆尚开张，鬓微霜，又何妨！持节云中，何日遣冯唐？会挽雕弓如满月，西北望，射天狼。

三、赏析

用“江城子”，意起于长江沿岸，流域周围多有荷塘，分布在城内、城外，每值立秋，风景绚烂，美不胜收。词从美景入手，上阕写水上荷塘风物，富丽招摇；下阕转写水下莲藕，忍辱负重，默默奉献，平凡之中显担当。

上阕句意有三个递进。

“立秋荷叶满塘香”，“立”字显示出荷叶擢立于秋，直从水中而起的姿态。立秋是秋季节气的开端，但暑热未减，草木依然茂盛，更有荷“不受梧桐一叶秋”①，正值生长开放与欣赏的佳期。荷塘画中含香，荷叶铺展在池塘之上，清香充盈溢出，迎面而来。

“绿流觞，意轻狂”，由“物”转“意”。前半句已有一个“满”字，仍不足，要痴醉癫狂起来，这是句意第一进。“流”，片片荷叶，浮起翠波，翻起碧浪，好似件件酒盏，如“曲水流觞”般，盛满绿意，畅快流转。此句明写“绿意”，暗写“风情”，风撩叶，叶撩人。

“粉嫩荷花，绿叶作衣裳”，句意第二进。荷叶香色俱佳，快意欢悦，但与荷花并列，便化身为荷花的青衣碧裙。荷花凌

---

① 明代李维桢《立秋日九龙沟观莲》云“相看菡萏千花色，不受梧桐一叶秋”。

波而起，独立自恃，颜色粉红娇嫩，美如天仙。此句虽以绿叶配红花，但并非偏倚荷花。荷叶美，荷花美，美上加美，如经纬一般交织出锦绣图画。

“**玉立莲蓬清水漾，风拂面，日吹光**”，句意第三进。荷叶妖娆、荷花娇美，仍难尽一塘风光。于是，莲蓬“**玉立**”，含着莲子亭亭出场，明亮、高贵。“**漾**”，秀影映照在水上，水也动起了心澜；“**拂**”，风也着了迷，似乎弃了荷叶、荷花，温柔转投而来；“**吹**”，周围散落日光，泛着点点金霞，轻轻地，为莲蓬笼出一身的宠爱。

上阕不单是荷叶、荷花、莲蓬，连同水、风、波、光，虚实交叠，荷塘梦幻，仿佛不食人间烟火。

下阕色彩从赏心悦目发生剧烈变化，与上阕形成强烈反差。下阕本身为一大转，阕内又有三个转折。

“**污泥浊水藕茎昌**”，藕与叶、花本属一体，但境遇天差地别。荷塘之上“水佩风裳、和风吹光”，一派华丽张扬；而藕居下，只能面对“**污泥浊水**”，环境污浊，杂乱险恶。但“**昌**”字点题，为阕内第一转：逆境不但没有使藕丧气，反而为藕所用，从而生长壮大。“**昌**”字形神兼备，藕的丰茂，是形象，更是意志。

“**体肥长，貌嚣张**”，“**肥长**”和“**嚣张**”进一步从细节承接“**昌**”。藕的外形，长如链，肥如棒，灰头土脸，与荷叶、荷花、莲蓬相比，可谓美女与野兽之别。藕生活在底层，生长在泥中，恶劣的环境塑造了藕的样貌，使藕多了几分霸道、粗野。

“负重爬行，空腹捋饥肠。”此为第二转。藕看似强壮野蛮，生活却充满艰辛。“负”，身体上背负着“污泥浊水”的外在压力，精神上也担负着将荷叶、荷花、莲蓬撑起的心理压力，双重压迫下只能“爬行”，憋屈、郁闷，想自由舒展而不可得。“捋饥肠”，藕内部中空，有一个个的通道，如空肠待充。在前两重压力下，穷困又加一重，正对应下句“苦难”。对莲藕而言，生活与命运犹如一场顽强的苦斗，与上阕轻盈、光鲜、欢快相比愈加悬殊，也更加凸显后句的深意。

“洁白留心传气节，承苦难，送芬芳”，尾句第三转，藕质地洁白，面对重重困厄，仍始终保留着纯净的心地。“传气节”，气节是莲藕本身的物理形态，体上有节，内部孔洞与花叶相连，用以通气。言及气节，常提到竹，但藕的气节实可与竹相比。竹是往天上看，藕是沉在泥里。竹要自己登高，而藕扩展自己，是为了托举起荷叶、荷花、莲蓬，使之能高高站立，散发清香。

尾句为藕立“心”，也为藕辩“节”。“承苦难”的“承”字与前文“负重”的“负”字不同。后者因生于污泥而不得不负；前者则是明确了自己的路，甘于承受，勇于承担。此为立心。词尾“送芬芳”与词首“满塘香”呼应闭合，而“送”

字，可见藕倾情不拘的胸襟。水怀玉则川媚[1]，藕恰如荷塘的玉髓[2]。莲花胜境由藕撑起，满塘荷香自藕所出。只是藕自己，隐于池底，深藏身与名。身处低处而内心高洁，限于逆境而胸怀担当，助利他者而不争名声，踏实奉献而不言放弃，历经苦难而痴心不改，此为真气节。

① 晋代陆机《文赋》。

② 藕别名“蓉玉节”“玉玲珑”“玉笋”“玉臂龙”等，皆带“玉”字。

四、节气

立秋，于每年公历 8 月 7—8 日交节，是秋季的起始。“立”，是开始之意；“秋”，意为禾谷成熟。立秋是阳气渐收、阴气渐长，由阳盛至阴盛的转折。在自然界，万物开始从繁茂生长趋向成熟。

立秋是二十四节气中仅次于大暑、小暑的第三热节气，《清嘉录》里说“预先十日作秋天”①，即形容实际的凉爽秋天还要再等上十来天。立秋与立春、立夏、立冬并称“四立”，也是古时“四时八节”之一。在周代，逢立秋日，天子亲率三公九卿诸侯大夫到西郊迎秋，举行祭祀仪式。《后汉书·祭祀志》载：“立秋之日，迎秋于西郊，祭白帝蓐收，车旗服饰皆白。并有天子入圃射牲，以荐宗庙之礼……杀兽以祭，表示秋来扬武之意。”皇帝以白衣白旗祭白帝，是认为秋“在地为金，在色为白”，白色泛指明亮的颜色。

立秋是农家重视的大节气，有“立秋开头坐一坐，来年春天要挨饿”的俗谚，提醒人们加紧农事劳作，夺取丰收。

---

① 引清代李福《偶得吴谚成诗》：“梧桐满院绿阴连，引得新凉到枕边。细雨斜风几番过，预先十日作秋天。”

清平乐·处暑

避暑处暑，日挽秋风住。
莫道南移三两步，天上人间重布。

树静蝉泣何分？荷默蛙咽谁闻？
稻谷田中金浪，棉花地里银云。

〔宋〕佚名《柳院消暑图页》

一、咏唱

气温燥热难耐，何处可觅清凉，天下生灵都急欲躲避酷暑。连天上太阳，也想把秋风牵挽，留在身边，好吹散腾腾的热气。

日光照射点往南移动，只需轻轻挪动两三步，别以为步小，将要天翻地覆。天上星辰要改变分布，世间事务将重新布局。

树木不再生长，树林开始收起声响，叶落无语，只有寒蝉悲泣，不忍彼此分离。荷花香消玉殒，残荷喑默，偶尔两三蛙声微微弱弱，沙哑如咽，不复有谁听。

荷塘之外，微风正吹过稻田，波浪翻滚，随风跃金。棉田吐絮，朵朵似银，白白亮亮，犹如天上云儿，轻轻柔柔，铺满棉田。

二、词牌与词谱

“清平乐（yuè）”，原是唐代掌管宫中歌舞等演出的“教坊”中所用的曲名，为宋词常用词调。“清平乐”调名之来源历来说法不一。《诗话总龟》引北宋僧仲殊《南歌子》词：“解舞清平乐，而今说向谁？”通常认为，此调取用汉乐府“清乐”“平乐”这两个乐调而命名。

《花庵词选》中又名“清平乐令”；因张辑词有“忆著故山萝月”句，又名“忆萝月”；因张翥词有“明朝来醉东风”句，又名“醉东风”。

“清平乐”，有三体，正体双调四十六字，前段四句四仄韵，后段四句三平韵。如五代李煜《清平乐·别来春半》：

别来春**半**，触目愁肠**断**。砌下落梅如雪**乱**，拂了一身还**满**。

中平中仄，中仄平平仄。中仄中平平仄仄，中仄中平中仄。

雁来音信无**凭**，路遥归梦难**成**。离恨恰如春草，更行更远还**生**。

中平中仄平平，中平中仄平**平**。中仄中平中仄，中平中仄平**平**。

宋代黄庭坚《清平乐·春归何处》：

春归何**处**？寂寞无行**路**。若有人知春去**处**，唤取归来同**住**。

春无踪迹谁**知**？除非问取黄**鹂**。百啭无人能解，因风飞过蔷**薇**。

三、赏析

“清平”寓意自在、平淡。本词上阕写天变，下阕写物变，星移物换，天地凉热，都按自然规律来变，简洁而纯粹，都在“清平”之中。

“避暑处暑，日挽秋风住。”处暑属于秋的节令，但“暑”还有余威，热气继续折腾。经过几个月的炙烤，又挨过闷热的三伏，世界苦暑久矣，都等待着秋风送爽。此时，甚至连太阳自己都觉燥热，想清凉一下，于是“挽”“住”秋风：秋风的气息吹起，终盼来了这一丝久违的凉爽，多想与清风再共处一会儿。

“莫道南移三两步，天上人间重布。”当世间众物还处在酷热难耐之中时，都盼着太阳稍稍往南移一移，即使只有两三步，气候也将大为不同。从立秋到处暑，太阳直射点南移虽只有几个刻度，但“暑”在此终结。“重布”有两意：一是气候格局的变更，太阳移动一小步，世间变化一大步；二是随着处暑的来临，不同事物的命运也发生了变化，进而引出下阕。

下阕以听觉起笔，以视觉收尾，曲调前悲后喜。自然规律不可抗拒，世间生灵顺时、逆时，去留各异。

“树静蝉泣何分？”蝉的鸣叫之前还响彻林间，“重布”之后很快便不再聒噪。尾声落幕，树木也渐渐安静了，蝉喧变成了蝉泣，高亢转为沙哑，分离的时刻也来到了。“何分”，反问中，带着几分凄凉忧愁，却又无可奈何，暗示着暑天的能量与蝉的气力已经耗尽，都将离场。

“荷默蛙咽谁闻?”与上句工对，“荷默”对“树静”，“蛙咽”对“蝉泣”。“默”，荷花哀其花期已过，不复能追，唯有默默无语。“咽”，秋气逐渐沉降，阻塞了蛙的欢歌，再过不久，它们将在洞穴中陷入沉眠。“谁闻”，声弱而不能被听见，抑或它们的声音故意被忽视，因为世界已转移注意力，期待着农田的丰收了，于是引出尾句。

“稻谷田中金浪，棉花地里银云。”两句亦是工对。“秋”字由“禾”和“火”组成，禾谷成熟，金色似火，但不再炎热，丰收的色彩在热切地激荡。这边稻子已成熟，那边棉花也绽开，“银云”虚实并写：天空中朵朵白云凝出，风清气爽；棉地中，棉花轻柔温软，就像连绵的云，亮白如银。经过了一年的辛勤劳作，最踏实的莫过于在冬天之前，粮仓贮满谷子，家里有棉衣棉褥。丰衣足食看似平凡，却要依从自然的节律，勤加努力才能带来收获，这也是最真实无虞的幸福。

四、节气

处暑，于每年公历 8 月 22—24 日交节。“处：止也，暑气至此而止矣。”处暑后太阳直射点继续南移、太阳辐射减弱、副热带高压南退，随着太阳高度的继续降低，太阳辐射也随之减弱，意味着炎热的酷暑到了尾声。处暑后，气温由炎热向寒冷过渡，“渐有新凉递好秋”。

处暑时节，农作物即将成熟，俗谚“处暑满地黄，家家修廪仓”，农家又开始了繁忙的秋收：苎麻要收，棉花要摘，芝麻要拔，还要翻地种萝卜、采摘晾晒黄花菜，旧时农家纷纷举行各种仪式拜谢土地爷。处暑在时间上与中元节接近，节气习俗中也融入了一些祭祖思古的活动，比如，临水的地方常有放河灯的习俗。此俗源于佛教盂兰盆会，寓意告慰亡灵、报养父母之恩，后来又加入祈祷亲人安康、稻谷丰收的心意。

对渔民而言，处暑以后将迎来渔业大丰收。此时，海水偏暖，鱼虾贝类发育成熟，人们可以大饱口福，尽情享用各种鲜美的海鲜美食。沿海地区在处暑节气前后举行开渔节，庆祝三个多月禁渔期的结束，欢送渔民出海。

【棉花】

棉花是锦葵科棉属植物的种子纤维，原产于亚热带。宋朝以前，中国只有带丝旁的“绵”字，没有带木旁的“棉”字。棉花在宋元之间通过陆海两路传种于中国。棉花是一年生草本，高 0.6 ~ 1.5 米，叶阔卵形，植株灌木状。花朵乳白色，开花后不久转成深红色然后凋谢，留下绿色小型的蒴果，称为“棉铃”。棉铃内有棉籽，棉籽上的茸毛从棉籽表皮长出，塞满棉铃内部，棉铃成熟时裂开，露出柔软的纤维。当前，棉花产量最高的国家有中国、美国、印度等。

诉衷情·白露

风赋，秋诉，邀白露，雁南飞。
黄大丽，丹桂，素芦薇。

菊艳叶枝稀，依依。
携清风玉晖，尽芳菲。

〔清〕边寿民《芦雁图》

一、咏唱

风飒飒而来，凉爽而清透，给天空擦出明净的面庞，眼见秋天五彩斑斓，不禁想作诗赞美。秋天自有一番滋味，想尽情倾诉，思来想去，欲找白露诉说。

盈盈白露，娴静明亮，应约而来；云中的大雁，此时正要作别，飞往温暖的南方。

大丽沾露，催绽出金黄色的花朵；桂花沐风，浮动着醉人的熏香。芦荻和薇草换上了素衣裳，荻花飘絮如霜，草荚颜色苍苍，随风轻轻摇晃。

菊花正弄妆，绚烂艳丽的霞冠高高顶起，更加衬托得枝消叶瘦，好似在起身探望，吐露着不舍的相思。

清风吹过，太阳放出明亮的光芒，露水也折射出珠玉般的光彩，秋色如此美丽。携抱着和风丽日，绽出花海，香飘四野，把秋的颜色渲染到天边。

二、词牌与词谱

龙榆生《唐宋词格律》说“诉衷情”为唐教坊曲，并由温庭筠取《离骚》中“众不可户说兮，孰云察余之中情”之意创制此调。如词牌名本义，《诉衷情》词大多是古人的情话。另有平韵格变体流传亦广，其名或因黄庭坚曾咏渔父生活而名“渔父家风”，或因贺铸词名“画楼空”等。

“诉衷情”，共五体，正体单调三十三字，十一句五仄韵、六平韵，以唐代温庭筠《诉衷情·莺语》为例：

莺**语**，花**舞**，春昼**午**，雨霏**微**。金带**枕**，宫**锦**，凤凰**帷**。
平仄，平仄，平仄仄，平平**平**。平仄仄，平仄，平平**平**。
柳弱燕交**飞**，依**依**。辽阳音信**稀**，梦中**归**。
中仄仄平**平**，平**平**。中平平仄**平**，仄平**平**。

宋代陆游《诉衷情·当年万里觅封侯》（变体一）：

当年万里觅封**侯**，匹马戍梁**州**。关河梦断何处？尘暗旧貂**裘**。

胡未灭，鬓先**秋**，泪空**流**。此生谁料，心在天山，身老沧洲。

三、赏析

“诉衷情”，种种秋兴秋思欲向白露倾诉，并借飞鸟、花草等一一道来，其中韵味深沉隽永。

“风赋，秋诉”，“赋”，意兴所至，不禁吟咏赞美。白露时，秋天渐渐步入佳境，秋高气爽，多彩斑斓，当清风吹过时，也忍不住想要赋诗。“诉”，句意稍转，风欲赞秋，而秋自有丰富的心思和意趣，想找个贴心的对象倾吐，引出下句。

“邀白露，雁南飞。”“邀”，白露晶莹透亮，纯粹洁净，能了知秋的心意，并确切地向外传达，故秋约请白露想对之诉说。于是夜晚凝结水汽，露水化出。“白”“露”也可理解为表白之“白”、透露之“露”，与“诉”可谓自成一对，意境巧妙。下半句“雁南飞”，情节再转。“飞”字，说候鸟感知到风向转变，准备迁徙。古人说，白露一出，“气始寒也”①，气温越发寒冷，大雁不得不暂离此地。白露先接收到了秋的心意，而大雁没顾着听，便飞去南方了。首句将天地节律变化的踪迹落到细微之处，既有画面感又有故事，写秋天多情多彩，饶有趣味。

天上的大雁先走一步，于是白露便落到地上的草木身上，传达秋的心思。视角也由上转而至下。

“黄大丽，丹桂，素芦薇。”大丽花有诸多颜色，黄色的大

① 元代吴澄《月令七十二候集解》。

丽与秋更为应景。大丽花既畏酷暑又不耐寒，此时天气中和了暑热和寒凉，促进了大丽花的繁盛。黄色同时又是菊之色，与下句“菊”相辅，两者互影，雅俗兼得。丹桂浸露而红，馨香弥散在空气中，把秋的心思转化成可嗅的香气，传给世间。芦荻和野豆[①]常常伴生，入秋变素，或者生出一簇簇白花，或者豆满而荚黄，枝叶渐渐发灰。作为草本植物，它们的生命虽然短暂，但随着季节自然而然展现出生命的本色。在这句中，有“黄”“丹”“素”涂描，颜色层次丰富，点染出初秋迷人的色调，也显示出此时物归其类、安命乐天的情态。

“菊艳叶枝稀”，此为三诉。白露转向菊，让菊艳丽起来；菊的枝叶稀疏，似乎也要把精力都传递给花朵。菊，花之隐逸者[②]，适冷吐蕊，凝寒抱香，在百花将寂的时候，仿佛是一束焰火，充盈枝头，为秋天点睛。“艳”与“稀”相对，一显一隐，一进一退，更显菊花独立、热烈的姿态，其中的节奏感和层次感，与秋天外在热烈、实则内敛的气质同频，更能体现秋的巧思。

所有倾诉，含在“依依”二字里。其中有依恋与不舍，与

---

① 《诗经·采薇》中“采薇采薇，薇亦作止”，讲述戍卒回忆采集野豌豆备粮充饥的生活。野豌豆花期6月，籽熟于夏末秋初，常常与芦荻并生。古时，薇是民间百姓常吃的一种野菜，被称为“救荒草”，荒年期间食以救荒。《史记·伯夷列传》载：“武王已平殷乱……伯夷、叔齐耻之……隐于首阳山，采薇而食之。”说的是殷商的伯夷、叔齐隐居山野，采食野豌豆，不仕周朝的典故。

② 宋代周敦颐《爱莲说》，“予谓菊，花之隐逸者也”。

前述“雁南飞”呼应。“依依”之中，还有温柔的盼望和希冀，如李陵《答苏武书》中说：“望风怀想，能不依依？”伴随着向外的眺望，引出结尾。

“携清风玉晖，尽芳菲”，词行至此，前面婉转的气息化为赞叹，长呵而出。“携”，是彼此牵挽的意兴；“尽”，是全然绽开的明媚。此句结尾，意境开阔，亦与词首相应。清风吹动了秋思，日光穿透了云层，白露也被映照得愈加清净明亮，朗润之气涌出。白露就像秋天的精灵，将视野和境界拓展到天高地远之处，其中芳菲遍野，盎然秀丽，处处彰显纯粹，勃发生机。

四、节气

白露，于公历9月7—9日交节。《黄帝内经·素问，六元正纪大论》说："草木凝烟，湿化不流，则白露阴布，以成秋令。"古人以四时配五行："秋属金，金色白，白者露之色，而气始寒也。"白露是孟秋时节的结束和仲秋时节的开始，其序在中，意在相续。此后，元气逐渐转凉，白昼有阳光尚热，但傍晚后气温很快下降。

古人在白露时节，喜在晨起收集露水，《本草纲目》说："煎如饴，令人延年不饥。"在这个时节，农民忙着收获庄稼，正所谓"抢秋抢秋，不抢就丢"。谚语说："白露白迷迷，秋分稻秀齐。"这段时间前后，若有露水，随后晚稻成熟就会有一个好收成。

【大丽花】

别名"大理花""天竺牡丹""东洋菊""大丽菊"，菊科、大丽花属植物，多年生草本，有巨大棒状块根。茎直立，多分枝，高1.5～2.0米，粗壮。原产于墨西哥，墨西哥人把它视为大方、富丽的象征，因此将它尊为国花，目前世界多数国家均有栽植。大丽花花色、花形誉名繁多，是世界名花之一。大丽花可活血散瘀，有一定的药用价值。

【丹桂】

常绿灌木，雌雄异株，树冠为圆球形。树皮浅灰色，较平滑，皮孔稀疏。叶革质，长椭圆形，叶面较平整，叶缘反卷。秋季开花时，花色较深，橙黄色、橙红色至朱红色，香气浓郁。原产于我国西南部，现各地广泛栽培。弱阳性，喜温暖湿润气候。主要品种有大花丹桂、齿丹桂、朱砂丹桂、宽叶红等。唐代段成式所撰《酉阳杂俎（zǔ）》（860）记载“吴刚伐桂”的故事，在民间广泛流传，因此桂树也成为“月亮”的代称。唐代宋之问《灵隐寺》中有“桂子月中落，天香云外飘”的著名诗句，故后人亦称桂花为“天香”。

【芦荻】

《诗经·秦风》有：“蒹葭苍苍，白露为霜。所谓伊人，在水一方。”蒹葭（jiān jiā）指的是芦苇、芦荻一类植物。芦荻：禾本目禾本科芦竹属草本植物，生于山坡草地和平原岗地、河

岸湿地。地下茎短缩、粗壮，叶片披针形，圆锥花序自顶而生，穗状呈扫帚状，9—12 月为花果期。白居易《琵琶行》中有“枫叶荻花秋瑟瑟”，荻花在古诗词中是秋天的代表花卉之一。

桂殿秋·秋分

圆月夜，正秋分。
星光照月月照云。

遥观桂殿嫦娥舞，
哪管扶桑日献殷。

〔南宋〕刘松年《嫦娥月宫图》

一、咏唱

圆月高高悬挂，将皎洁柔和的光芒洒向大地，万物披上了一层薄纱。恰逢秋分时，月亮逐渐主宰天空，展露风采的时间更长。

夜幕中，那若隐若现的星光和渐聚渐散的晚云，张开了臂弯，拥抱月亮，在漫漫长夜中互相照望。

天地万物承接似水清辉，远远驻足，遥遥凝望，共襄盛会，欣赏着嫦娥仙子翩跹舞姿，希望良宵长在、黎明迟来，哪里顾得上扶桑树上久等的太阳？

二、词牌与词谱

“桂殿秋”，据唐代李德裕词中“桂殿夜凉吹玉笙”句，取为调名。

“桂殿秋”仅一体，为单调二十七字，五句三平韵。以宋代向子諲（yīn）《桂殿秋·秋色里》为例：

秋色里，月明**中**。红旌翠节下蓬**宫**。蟠桃已结瑶池露，桂子初开玉殿**风**。

平仄仄，仄中**平**。中中仄中中中**平**。平平仄仄平平仄，仄仄平平仄仄**平**。

清代朱彝尊《桂殿秋·思往事》：

思往事，渡江**干**，青蛾低映越山**看**。共眠一舸听秋雨，小簟（diàn）轻衾各自**寒**。

三、赏析

桂殿秋色谓之“桂殿秋”，本词所绘秋分日圆月夜，天上人间共赏桂殿的景象，正契合该词牌。

“**圆月夜，正秋分**。”此词作于2021年9月23日（农历八月十七），正值中秋节刚过，还能观看圆月如盘的景象。“秋分”一词有两种含义：一指平分秋季，二指平分昼夜。随着后续夜晚时间变长，月亮在天空中“露脸”的时间也更长了。

“**星光照月月照云**。”“**照**”有两层含义：一是照耀、照亮，指光芒在星、月和云之间映照；二是关照、照顾，指夜晚时间更长之后，以月亮为主体，与星光、晚云之间可以相互有更多的照顾和关怀。夜空浩瀚，星光、月亮、晚云相互依偎，是携手相伴、相互慰藉的写照，构成了秋分日和谐共生、美美与共的画面。

“**遥观桂殿嫦娥舞，哪管扶桑日献殷**。”“**桂殿**”代指月宫，传说嫦娥所居广寒宫处有桂树，故以桂殿代指月宫①。“**扶桑**”，传说中的一种神木，太阳每天攀缘扶桑树升起②。“**献殷**”即“献殷勤”，是说秋分日后，夜渐长，昼渐短，阳逐步让位于

---

① 元代萨都剌《和马伯庸除南台中丞以诗赠别》：“桂殿且留修月斧，银河未许度星轺（yáo）。”

② 战国楚屈原《楚辞·九歌·东君》云：“暾（tūn）将出兮东方，照吾槛兮扶桑。”王逸注：“日出，下浴于汤谷，上拂其扶桑，爰始而登，照曜四方。”

阴，万物将关注点转向月亮，太阳想挽回它们，表现出示好的姿态。此句构思巧妙，天上人间承接圆月清辉，欣赏嫦娥起舞，此时太阳虽然竭力想取悦生灵，但它们只顾着欣赏月宫中嫦娥仙子的舞姿，把太阳冷落在一旁。秋月之美，令世间醉心。

月亮的阴晴圆缺、朔望新满，对地球产生的重要影响，不亚于太阳。月亮的变化也会影响潮汐，从而影响江河湖海。仲秋更是秋收、秋种、秋耕的“三秋”时节。热爱月亮，正是热爱生命、热爱自然本身。

四、节气

秋分是秋季第四个节气，于公历9月22—24日交节。太阳在这一天到达秋分点，几乎直射地球赤道，全球各地昼夜等长。《春秋繁露》载："秋分者，阴阳相半也，故昼夜均而寒暑平。"秋分过后，北半球各地开始昼短夜长，故秋分也称"降分"。

古代有"春祭日，秋祭月"习俗，秋分曾是"祭月节"。《国语·鲁语》载："天子少采夕月。"三国韦昭注解，"夕月以秋分……少采，黼（fǔ）衣也"，即祭月要穿着一种绣着黑白斧形花纹的特定礼服。不过，因秋分日不一定能碰上圆月，此时祭月无月则显得不合时宜，后来"祭月节"由秋分日演变至中秋，逐渐成为民间重大的节日。

秋分期间，北方地区开始播种冬麦，长江中下游地区则忙于收割晚稻，抢晴翻耕土地，准备播种越冬油菜。从全国范围看，各地农产品种植种类和收获时节有所不同，但大部分农产品主要集中于秋季收获。把秋分定为"中国农民丰收节"兼顾了东、西、南、北各地的情况，便于展示农业的丰收成果，具有鲜明的农事特点。2018年6月，国务院发文，同意自2018年起，将每年农历秋分日设立为"中国农民丰收节"。

醉花阴·寒露

一滴寒露千万事，朵朵黄花系。
几个识黄花？不解风情，总把花儿戏。

有缘得遇何须避？留与今生示。
盼得岁重来，天赐良机，莫让机流逝。

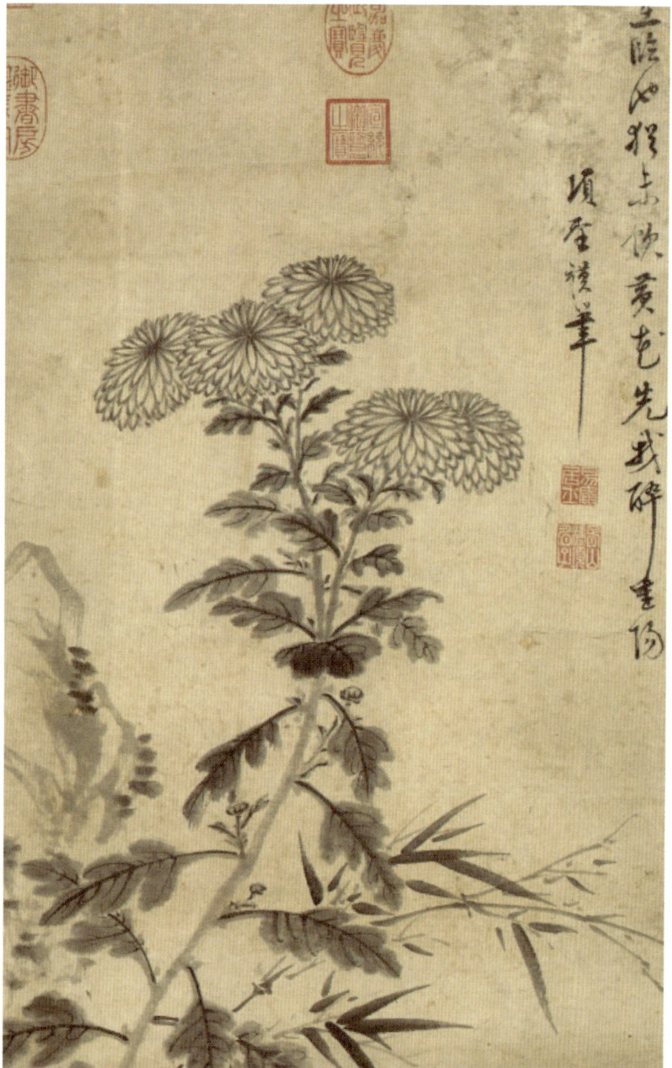

〔明〕项圣谟（mó）《菊花竹石图》（局部）

一、咏唱

寒露滴滴，趁凉夜而出，明亮而透彻。古往今来，大千世界，万般诸事在一滴小小的寒露中含藏。

秋风轻拂，黄花在枝头绽放，含笑送香语。朵朵黄花合抱成趣，伸枝展叶，承蒙寒露点拨，忆起前尘往事。可有识花者，解花语，懂花情？赏花者不晓前世今生种种缘，无情易去，留黄花多情无辜，总被戏弄。

缘起缘灭总匆匆，相逢机遇难得，何须托避？黄花舒枝展瓣，知今生仓促，更应将未尽缘分倾情相示。

哪怕此季相逢而未相知，仍希盼年岁重来，有缘逢遇，黄花再为赏花者吐露心语，诉千万事，不让二者相逢机缘流失。

二、词牌与词谱

“醉花阴”，词牌名，又名“醉春风”“醉花去”。此调首见于宋代毛滂词，因词中有“人在翠阴中”句，取其句意为词调名。

“醉花阴”词牌格律统一，无变体，双调五十二字，前后段各五句三仄韵。以宋代毛滂《醉花阴·孙守席上次会宗韵》为正体，格律如下：

檀板一声莺起**速**。山影穿疏**木**。人在翠阴中，欲觅残春，春在屏风**曲**。

中中中中平中仄。中中平中仄。中仄仄平平，中仄平平，中仄平平仄。

劝君对客杯须**覆**。灯照瀛洲**绿**。西去玉堂深，魄冷魂清，独引金莲**烛**。

仄平仄仄平平仄。中仄平平仄。中仄仄平平，中仄平平，中仄平平仄。

宋代李清照《醉花阴·薄雾浓云愁永昼》：

薄雾浓云愁永**昼**，瑞脑消金**兽**。佳节又重阳，玉枕纱厨，半夜凉初**透**。

东篱把酒黄昏**后**，有暗香盈**袖**。莫道不销魂，帘卷西风，人比黄花**瘦**。

三、赏析

醉卧于花阴下可谓之“醉花阴”。赏花者见黄花而不识花、不解花，如能借寒露洗除杂念，沉入花心，细听花语，则可与黄花心神合一，不负赏花机缘，故用该词牌。

本词以寒露为脉，以黄花为线，通过描写寒露、黄花、赏花者之间的信息交互关系及其展现的状态，表达识机、助缘、惜缘之意，揭示出应当自净其心、善借外缘，更应锲而不舍，才能促成良缘。

“一滴寒露千万事”，“寒露”指天寒凝露，突出气候寒凉，已入深秋，正如“袅袅凉风动，凄凄寒露零”①。寒露清冷、剔透、莹润，蕴“千万事”而反映无穷，对“千万物”不加分别，都给予滋润和清洁，让事物之间的沟通联系更加明净而畅通。“清香晨风远，溽彩寒露浓”，当寒露遇着花朵时，便能使花与叶焕发本真的光彩。② “时空依信息，能量物随缘”，信息的流转并不局限在一时一地之中，而是能容纳于极细微之处，贯穿古往今来。一滴寒露在世间经历着从水汽升华到露珠凝结的无限循环，之中蕴含了千万的信息，其中属于黄花的，已经被黄花读取。于是引出下句。

---

① 唐代白居易《池上》。

② 唐代柳宗元《巽公院五咏·芙蓉亭》。

“朵朵黄花系”，寒露与黄花有着不解的缘分，“寒露惊秋晚，朝看菊渐黄”①。寒露轻缀于黄菊花瓣，唤醒了菊花的记忆，往日的美好，前世的相知、遗憾或怅然从“千万事”中浮现。“系”既是联系、关联，又是牵挂、系念，黄花所“系”为何，正是前世今生之中来来往往与之相关的赏花者。

“几个识黄花？不解风情，总把花儿戏。”词意在此一转，黄花读出了寒露里的信息，在深秋无畏霜寒，朵朵绽放，想传情达意，但真正懂得菊花的又有几个呢？识黄花者寥寥。

“风情”，黄花借风翩动，似在对赏花人示意问好、提醒前缘，但赏花者不懂，或匆忙路过，或采摘戏弄。秋风徒添吹打摇曳，黄花更寂寞。赏花者之所以“不解风情”，一是内心蒙尘，以致闭目塞听，通信受阻，未能察觉黄花在传递信息；二是疏于感悟，心中漫无牵念，与黄花不同频；三是虽曾驻足留意，奈何未得深入，浅尝辄止，难与黄花相连接。赏花者辜负了黄花的殷勤美意，一个重要原因是他们忽视、错失了寒露这个伴随者。寒露的清冽本质帮助赏花者一洗昏沉，其所蕴含的信息也能清楚地昭示前缘，联结起二者一段佳缘，但赏花者潦草自负，未得要领，就这样使缘分从眼前流失。

上阕虽带着机缘错失的遗憾，但下阕始终怀着期盼与守望。“有缘得遇何须避？留与今生示。”黄花一岁一荣枯，赏花

① 唐代元稹《咏廿四气诗·寒露九月节》。

者来复又去，寒露三态随日转，聚散有时，离合有期，相逢机缘难得，理当珍惜，怎么能放弃和避开？黄花虽遇不解风情者，但坚韧如初，又有寒露惺惺相惜，要合力将未尽之缘续写。只要今生还在开放，黄花就要展露风华，了却遗憾，唤醒那等待着再续前缘的赏花人。

“**盼得岁重来，天赐良机，莫让机流逝**。”尾句意更递进一层。“**今生示**”也许无果，但能“**岁重来**”，便仍是“**良机**”，今生的企盼亦将延续下去。每岁欣荣之时，当寒露着花，黄花与赏花人再相遇时，机缘又启。寒露将继续温柔地清洗、照料万物，给予黄花和赏花者沟通的助力；黄花一如既往，仍将在风中热烈地展示着芳华，表达着情意，争取着被有缘之人读懂；赏花者曾经错过了机会，也渴望着弥补失落的心、圆满未尽的缘分，已经准备好和黄花互换心语。当他们再度相逢时，不会再让这机缘白白流逝。机遇留给幸运者，更留给有心者、有准备者、守望者、坚持者。

“一花一世界”，一滴寒露藏纳万千信息，联结万事万物，其中有多少缘分，妙不可言，等待一颗真心解锁后领取。

四、节气

寒露是秋季第五个节气，于公历10月7—9日交节。《月令七十二候集解》载："九月节，露气寒冷，将凝结也。"此时，昼渐短，夜渐长，日照减少，昼夜温差较大，早晚体感有明显寒意。白露与寒露两节气的"露"，均指水汽凝结为露，民谚有"露水先白而后寒"，但与白露相比，寒露时气温更低，露水更易凝结，更为常见。

寒露三候中"菊有黄华"，指菊花此时普遍开放。九月红衰翠减，菊花不畏风霜，越是露重霜寒，越是开得艳丽夺目，故农历九月又被称为"菊月"。

"十月寒露接霜降，秋收秋种冬活忙。"寒露农事繁忙，是秋收、秋种、秋管的重要时期，玉米、大豆、花生、棉花等处于采摘期，小麦等迎来最佳种植时间，故民谚云："秋分早，霜降迟，寒露种麦正当时。"

浪淘沙·霜降

日暖夜风凉，霜降无霜。花留彼岸桂留香。
三变拒霜红粉白，菊正金黄。

草羡换衣裳，叶落寻芳。秋高气爽意悠长。
天上人间皆有道，莫负时光。

〔明〕吕纪《桂菊山禽图》(局部)

一、咏唱

白日暖热，夜里风起，把一点点余温都吹散，化作层层秋凉。清晨之时，本该到来的白霜，并未降。

群花凋谢，花瓣陨落，消失不见，相隔彼岸，隐隐留下几缕残念。西风阵阵，摇落桂花，离散枝头，碎黄满地，唯余几许幽香。

木芙蓉，抗拒着风中霜意，几日之间花色次第变换，起先白色，次日粉色，后日深红色。菊花正艳，笑立寒秋，枝头绽开朵朵金黄。

百草羡菊黄，悄作梳妆，褪下绿衣换金装。树叶爱清香，争从枝梢下落，好向地上觅菊芳。天高云淡，风清气爽，破晓与黄昏，时光悠悠，秋天意蕴深长。

岁月流转，物象变迁，天上日月星辰，世上人事更替，循天道自然，来往复又还。一年好景君须惜，莫把光阴，空付流水向东方。

二、词牌与词谱

“浪淘沙”，原为唐教坊曲名。任半塘曾于《唐声诗》提出“本调原属南方水边民歌”。“浪”与“淘”与水有关，据《魏书·食货志》载：“汉中旧有金户千余家，常于汉水沙淘金。”现存“浪淘沙”诗词，或写淘沙本事，或感慨时间流逝，或以大浪淘沙作比喻抒发对人生的思考，均与水的意涵有关①。

刘禹锡、白居易首创乐府歌辞《浪淘沙》，作七言绝句体。五代开始流行双调小令。

“浪淘沙”双调小令，又名“卖花声”“过龙门”“炼丹砂”等。双调小令共六体，正体五十四字，前后段各五句四平韵，以五代李煜《浪淘沙令·帘外雨潺潺》为例：

帘外雨潺**潺**，春意阑**珊**。罗衾不耐五更**寒**。梦里不知身是客，一晌贪**欢**。

中仄仄平**平**，中仄平**平**。中平中仄仄平**平**。中仄中平平仄仄，中仄平**平**。

独自莫凭**栏**，无限江**山**。别时容易见时**难**。流水落花春去也，天上人**间**。

中仄仄平**平**，中仄平**平**。中平中仄仄平**平**。中仄中平平仄

① 张改莉．唐宋《浪淘沙》词研究［D］．兰州：兰州大学，2014：11－22.

仄，中仄平平。

宋代欧阳修《浪淘沙·把酒祝东风》：

把酒祝东**风**，且共从**容**。垂杨紫陌洛城**东**。总是当时携手处，游遍芳**丛**。

聚散苦匆**匆**，此恨无**穷**。今年花胜去年**红**。可惜明年花更好，知与谁**同**？

三、赏析

浪沙淘尽始见金，故以“浪淘沙”后的金比喻菊花，正如百花为寒气淘退后，唯有菊，正金黄。

“日暖夜风凉，霜降无霜。”时间从白日至暮夜再至晨曦。霜降时节，日夜温差明显。白天仍然比较温暖，入夜则转凉，到了清晨，地上物体表面往往会结一层薄霜。然而，词在首句，便说霜降“无霜”，白霜并未出现，耐人寻味。其中原因或许从后面的句子中能找到答案。

“花留彼岸桂留香。”“花留彼岸”，深秋时节，大多数花卉花期已过，花朵消失，像归行彼岸，只遗留下空枝于世间。桂花也到了花期末，花枝盈满则倾，不堪重负，飘落一地，香气随风散去。此句两个“留”字，表示秋气深重。

“三变拒霜红粉白，菊正金黄。”与上句残花余香构成对比。木芙蓉，亦名“拒霜”，生在南方，不耐酷寒，花色“晓妆如玉暮如霞”，随着温度变化，产生不同的颜色，初开为白色，进而转粉色，后而深红色，似是一边应和着深秋多变的气候，一边与霜气苦苦相争，所谓“红英浑欲拒严霜”[①]。唯有菊花风华正茂，竞相绽放。它们在万木摇落、风寒霜微时，也挡不住青枝绿叶，金黄灿烂。

---

① 宋代王安石《拒霜花》。

至此，似乎就回答了首句“无霜”之探问，有芙蓉“拒霜”，欲搏一搏寒凉；更有金菊“傲霜”，展露出热烈的心气与亮色，对弈中能胜过寒气，让霜暂时也退却了。

“草羡换衣裳，叶落寻芳。”此句立意别致，明写草、叶，实则继续写菊不可抗拒的力与美，以至于秋草发黄，是为了与菊黄相配；枯叶纷落，是为了寻找地上的菊香，其中有爱意，更有敬意。

“秋高气爽意悠长。”由花朵引向秋天的天与地，生起秋感秋思。万里天空，云卷云舒，清风吹拂，一片心旷神怡，气韵舒长。其中，透露出自然的纯粹与纯净、自由与辽阔，并引出尾句。

“天上人间皆有道，莫负时光。”“天上人间”指代万物。万物共同遵循的规律即“道”，春暖、夏热、秋凉、冬寒，四季交替，生息有常。时光荏苒，逝者如斯，应如菊一样，沉稳积淀，清净自守，迎寒不退，给时光以温柔，给岁月以风景。

四、节气

霜降，秋天最后一个节气，于每年公历 10 月 23—24 日交节。

“霜”是天冷、昼夜温差变化大的表现，东汉王充《论衡》曰：“云雾，雨之征也，夏则为露，冬则为霜……雨露冻凝者，皆由地发，非从天降。”霜降节气后，常有冷空气侵袭，而使气温骤降，昼夜温差大。

霜降节令是阳气由收到藏的过渡期，《逸周书·周月解》有“秋三月中气：处暑、秋分、霜降”，说秋天的三个月中，这三个节气是“中间的节气”，作为过渡。俗话讲“霜降杀百草”，霜降过后，植物渐渐失去生机。此时，柿子成熟，一些地方要吃红柿子，清热润肺。在农业方面，北方开始抢种冬小麦；南方早批已经收割完成的稻田开始翻耕，为后期的油菜种植进行铺垫。

【菊】

菊科菊属的多年生宿根草本植物，是我国传统名花之一，也是世界四大切花（菊花、月季、康乃馨、唐菖蒲）之一。菊花是经长期人工选择

培育的名贵观赏花卉，在我国已有三千多年的历史，《礼记》一书载："鸿雁来……鞠（菊）有黄华。"菊花能起到界定农时的作用，《夏小正戴氏传》中有"九月荣菊……菊荣种麦，时之急也"。陶渊明有名句"采菊东篱下，悠然见南山"。在我国源远流长的养菊、赏菊、品菊、咏菊、画菊的传统中，菊被赋予了高风亮节、不屈不挠的精神内涵，是民族精神的象征。

【木芙蓉】

又名"三变""拒霜"，锦葵科木槿属，始开于仲秋。白居易《长恨歌》中有"芙蓉帐暖度春宵"，后人据以传唐玄宗喜欢芙蓉花，因其开如春帐，将霜雪拒在帐外，故名"拒霜"。宋代宋祁《添色拒霜花赞》云："生蜀州……始开白色，明日稍红，又明日，则若桃花然。自浓而淡，花之常态。今顾反之，亦不之怪。"这是说一般的花颜色先浓后淡，但芙蓉花相反。这是由于光照强度不同引起了花青素浓度的变化。木芙蓉是成都市花，因此成都又被称为"蓉城"。

冬之篇章

二十四节气词鉴

生查子·立冬

金镀银杏叶，木揽芙蓉睡。
水随藕塘眠，火伴枫林醉。

土纵菊花留，风冷方知退。
万物道中行，立冬藏为贵。

〔明〕仇英《枫溪垂钓图轴》(局部)

一、咏唱

北风吹来，银杏叶绿意淡去，慢慢镀上金黄，耀眼夺目，风拂过，满树黄叶翻飞，似光芒跳跃。

伴着渐浓的寒意，木芙蓉褪去胭红粉嫩，卸掉夺目光彩，只余翠叶似掌，枝条如臂，揽花入怀，甜甜入睡，想于萧瑟中留住这淡淡芳菲。

藕塘处，波光水影消逝，池畔悄悄，万籁俱寂，水静安睡。

枫树飒飒，层层叠叠，万木成林。秋霜染尽红枫，绚丽的枫叶红过了二月的春花，在万物凋零的时刻，将火一般的热情，或洒向大地，或随风起舞，沉醉不已。

地表余温尚存，留得菊花艳，更挽菊花香，纵得黄菊晚秀，流光溢彩，冷艳孤傲。霜意重重，空气中流动着丝丝凉意，这时的菊花牵着一缕沉香，散去花瓣纷纷，慢慢残缺零落。

万物依律而生，依道而行，春生夏长，秋收冬藏。天凉水寒间，贵在养藏。万物相时而动，收起往日繁华，在冬天里沉淀、蛰伏，积蓄着生存和发展的力量，静待下一轮生机。

二、词牌与词谱

“生查（chá）子”，原唐教坊曲，后用为词牌，又名“相和柳”“陌上郎”。《生查子》调始见于魏承班、牛希济等人词集中。朱淑真词有“遥望楚云深”句，名“楚云深”。韩淲（biāo）词有“山意入春晴，都是梅和柳”句，名“梅和柳”；又有“晴色入青山”句，名“晴色入青山”。多抒怨抑之情。

“生查子”，共五体，正体为双调四十字，前后段各四句两仄韵，以唐代韩偓（wò）的《生查子·侍女动妆奁（lián）》为例：

侍女动妆奁，故故惊人**睡**。那知本未眠，背面偷垂**泪**。
中中中中中，中仄平平仄。中中仄中平，中仄平平仄。
懒卸凤凰钗，羞入鸳鸯**被**。时复见残灯，和烟坠金**穗**。
中中中中平，中仄平平仄。中仄仄平平，中中中平仄。

宋代欧阳修《生查子·元夕》：

去年元夜时，花市灯如**昼**。月上柳梢头，人约黄昏**后**。
今年元夜时，月与灯依**旧**。不见去年人，泪湿春衫**袖**。

三、赏析

张骞（qiān）乘槎（chá）遇仙事谓之“生查子”，不屈不挠的探索精神是其遇仙之本。冬意初临，万物眠藏，积蓄着生命的力量。

上阕展现银杏黄、木芙蓉睡、藕塘眠、枫叶红的冬藏之景，以点带面地凸显从山林到水塘的变化。“金镀银杏叶，木揽芙蓉睡”中的“镀”字，动态地形容了经霜的银杏渐渐枯黄的过程。寒风吹过，星星点点的明黄慢慢遍布周身，满树银杏叶灿烂无比，像穿上了金衣，展示着自己的金碧辉煌之姿。木芙蓉畏寒喜温润，秋末冬初时静静地盛开又渐渐凋落，枝条想留下这脱俗的仙姿，即使已进入秋冬之“眠”，也要揽花入睡。唐代诗人王维曾赋诗《辛夷坞》，“木末芙蓉花，山中发红萼。涧户寂无人，纷纷开且落”，借以望其金秋媚姿，叹其纷落飘零。

立冬时节，水也渐渐变得寒冷，莲藕在立冬前夕采收完成，整个荷塘变成静默无声的样子，像沉睡了一般，“水随藕塘眠”。同时“眠”也与上阕的“睡”相呼应，阐释着生物一点点退藏的动态。

“火伴枫林醉”中的“火”，凸显出立冬时节枫叶之色如火，层林尽染，初冬的萧索被嫣红的枫叶打破一角，这热烈的色彩让枫树自身也沉醉其间，唐代杜牧也曾醉心于这枫林之美，其诗曰："停车坐爱枫林晚，霜叶红于二月花。"自立冬始，万物迎来新一轮的枯荣，也成就了"醉"与"眠"风景的分隔线。

下阕继续描绘万物的"退"与"藏"，其中不乏挽留与宠纵。

"土纵菊花留"中，"纵"乃放纵之意，泥土中残存的暖意，护住了菊花的根茎，才纵得菊花傲然怒放、艳丽芳菲，时不时散发出缕缕清香。

花茎虽深入温暖的泥下，幼苗的生长与花的绽放仍需要相应的温度，便有"风冷方知退"。萧瑟的冬风带着阵阵寒意袭来，花朵抵御不了寒气凋落成泥，花叶在此时纷纷褪去，等待着寒霜尽时再花开。

"金""木""水""火""土"与一景一花相连，蕴含着相生相克运行之道，此五行规律也常用来解释世界万物的形成及其相互关系，这便是"万物道中行"。"道"指法则、规律，与句首的"金""木""水""火""土"相呼应，强调万物的运动形式和转化关系，也让我们通过万物信息的变化置身于初冬时节渐浓的寒意中，揭示万物的生与藏之规律。

"立冬藏为贵"，"立"乃"始"，"冬"乃"终"。立冬，藏秋实而育春华，是万物之终归，也是万物之起始。词中一个"藏"字，将兴衰枯荣尽揽，有两意：一为"积蓄、收藏"，冬寒意喻珍藏而不是埋葬，经过一年春生、夏长的辛勤，冬季藏住了秋收的果实，伴着丰收走向来年；二为“蕴藏、蕴含”，冬季蕴藏了生命的力量，让万物在一季的冷静中重新整理，蓄势待发。

四、节气

立冬，是冬季的第一个节气，也是冬季的起始，于每年公历11月7—8日交节。

立冬前后，我国大部分地区降水显著减少，冷空气加强，气温下降的趋势加快，但由于此时地表在下半年储存的热量还具有一定的能量，尚有“积热”，初冬通常不会很冷，真正的寒冷是在冬至之后。正所谓“八月暖九月温，十月还有小阳春”，在南方地区，从立冬至小雪期间，常会出现风和日丽、温暖舒适的“小阳春”。

立冬是进补的好时机。在闽中，立冬俗称“交冬”，家家户户要做草根汤，并加入鸡肉、鸭肉、兔肉或猪蹄、猪肚等一起熬制而成；在北方地区有立冬节气吃饺子的习俗，饺子亦谐音“交子”，意指立冬是秋冬季节之交。

立冬时，天气时冷时暖。对农业也会有诸多影响。东北地区大地封冻，农林作物进入越冬期；江淮地区“三秋”已接近尾声；江南正忙着抢种晚茬冬麦，抓紧移栽油菜；而华南却是“立冬种麦正当时”的最佳时期。

【枫】

双子叶植物纲、原始花被亚纲、无患子目、槭树科、槭属的落叶乔木，高可达40米。分布于中国淮河流域至四川西部以南各地。喜光，喜生于山麓河谷，生长较快。木材轻软、细致，但易开裂、不耐朽，可制箱板。秋叶艳红，著名秋色树种，可做行道树或片植供欣赏。花期4—5月，果期9—10月。枫叶色泽绚丽、形态别致优美，在秋天则变成火红色，落在地上时变成深红。

【银杏】

孑遗植物①，银杏门下唯一现存的物种，亦称“白果树”“鸭脚树”，落叶乔木，高可达40米。银杏为中国特

① 银杏也叫作“活化石植物”，起源久远，到第三纪后期，随着气候寒冷和冰川运动，大多数植物濒于灭绝，存活下来的古老物种被称为“孑遗植物”。

有珍贵树种，约在唐宋时期传播到日本，18 世纪通过日本传播到欧洲。银杏叶折扇形，种子呈椭圆形或倒卵形。银杏树一般在 3—4 月开始萌枝展叶，4—5 月开花，并在 9—10 月种子成熟，10 月以后开始落叶。银杏雌雄异株，雌树挂果，雄树不挂果。银杏树的种子即白果，早在元代吴瑞的《日用本草》中即将其入药，医用历史悠久。

渔家傲·小雪

小雪随风游大漠，黄沙手把白花托。
一缕青烟天外落。
风云约，红柳奏曲胡杨绰。

岭北寒炉温酒酌，剑南银杏金衣落。
月照秦淮千色跃。
中华博，江山如画家家乐。

〔清〕陈枚《月曼清游图》（节选，局部）

一、咏唱

雪花细细碎碎吹弹可破，北风猎猎，裹挟着雪花飘游于无边无际的大漠中。沙上雪花点缀，错落有致，似黄沙伸出双手承托白雪，让这大漠开出一簇簇白花。

一片黄白交接中，一缕炊烟袅袅上升，天白烟青；炊烟随风远飘，宛若悠然飘落天际。

北风席卷，云空广漠，天地震撼，风云相约，红柳乘风借力奏新曲，胡杨亦携手起舞，风姿绰约，不负风云际会之盛况。

秦岭以北，连炉灶都透着寒意，点火烧炉，温一壶美酒，浅斟慢酌且暖身。剑门关南，银杏被微微寒意染成金黄色，片片黄叶迎风摇曳，悠悠飘下，恰如一袭金衣缓缓脱落，从容面对初冬，与自然融为一体。

月光倾泻于秦淮河面，十里秦淮便繁华似锦，映出南方秀美。明月更将千家万户照耀，纵横南北西东，见证千颜万色，汇聚信息无数，映入秦淮河水；水面承月之银辉，千般景致、万般风情随波灵动，凌波跃出，映入眼帘。秦淮映月亦纵贯古今，涌现历史的醇厚。中华之地大物博、山高水长、钟灵毓秀，织就一幅绝美画卷。无限风光里，万家灯火交相辉映，安宁和睦，其乐融融。

二、词牌与词谱

“渔家傲”，原是用于佛曲、道曲的调名。唐代张志和“自称烟波钓徒，愿为浮家泛宅，往来苕霅（zhà）间，作‘渔歌子’”。“渔歌子”亦名“渔父词”，其调之曲拍，未传于后世。而唐宋词人，又多有“渔家乐”之作，其描写渔人生活之内容与张同。宋代吴曾所作《能改斋漫录》卷二云：“南方释子作‘渔父’‘拨棹（zhào）子’‘渔家傲’‘千秋岁’唱道之辞。”

“渔家傲”词牌创调者当为北宋范仲淹。宋代魏泰创作的古代中国文言轶事小说《东轩笔录》云：“范文正守边日，作‘渔家傲’乐歌数曲，皆以‘塞下秋来’为首句，颇述边镇之劳苦……”此调创自范仲淹已可证明，不过所咏内容日渐广泛，不止于边塞、渔人生活。

“渔家傲”，共四体，正体为双调六十二字，前后段各五句五仄韵，以宋代晏殊《渔家傲·画鼓声中昏又晓》为例：

画鼓声中昏又**晓**。时光只解催人**老**。求得浅欢风日**好**。齐揭**调**。神仙一曲渔家**傲**。

中中中中平中仄。中平中仄中平仄。中仄中平平仄仄。平中仄。中中中中平平仄。

绿水悠悠天杳**杳**。浮生岂得长年**少**。莫惜醉来开口**笑**。须信**道**。人间万事何时**了**。

中仄中平平仄仄。中平中中平平仄。中仄中平平中仄。中中仄。中平中仄平平仄。

宋代范仲淹《渔家傲·秋思》:

塞下秋来风景**异**，衡阳雁去无留**意**。四面边声连角**起**，千嶂**里**，长烟落日孤城**闭**。

浊酒一杯家万**里**，燕然未勒归无**计**。羌管悠悠霜满**地**，人不**寐**，将军白发征夫**泪**。

三、赏析

捕鱼为业的人家，傲视风浪，可谓之“渔家傲”。自古渔父形象，寄情山水，可苍凉孤寂、可搏击沧浪、可洒脱隐逸、可淡泊宁静，渔父的傲然风骨恰与大漠寂寥、北方粗犷、南方宁静皆适。本词中雪花随风悠游于中华大地，从西北大漠、岭北寒炉、剑南银杏至江南秦淮，唯有“神仙一曲渔家傲”可比拟，故用该词牌。

本词上阕通过对黄沙、白花、青烟、红柳等景物的描绘，将小雪时节广袤无垠的西北大漠呈现于一幅色彩斑斓的完整画面中。

“小雪随风游大漠”，“小雪”对“大漠”，大漠之广阔与雪花之细小形成强烈对比。“小雪”指积雪深度较浅、单位降雪量较小的气象，雪花轻轻扬扬，方能纵情畅游。“游”字可解为“游荡”，突出雪花自由随性之态，随处可往，随处可留；也可解为“游览”，好似风指引着雪在一望无垠的大漠四处游赏，二者的默契呈现出一幅灵动而和谐的情境。

“黄沙手把白花托”，“黄沙”对“白花”，沙黄而细腻，雪白而轻盈，于对仗间营造质感错落、颜色交杂之感。由于降雪量较小，雪花容易融化消散，故而呈现为错落分布在大漠上的块块白色，好似一簇簇“白花”盛开。另外，“白花”点“小雪”之题，也凝练地展现着小雪之美。“**托**”有托举之义，白雪从天而落，黄沙遍地而铺，黄沙张开双手迎而承托白雪，凸显了雪与沙之间的互动状态，白与黄的色彩相融之美，调和了大漠的粗犷与雪花的柔美。

“**一缕青烟天外落**”，此句引入少许人间烟火气。在白雪与黄沙这两大块色彩拼接的画面中，袅袅流出一缕青烟，渐飘渐远，似要飘落到天外，把整个画面点活。仅现“**一缕**”也贴合鲜有人际的大漠景观，与“大漠孤烟直”有相似的意趣。

红柳和胡杨都是耐寒、耐旱又耐风沙的植物，因此常见于沙漠中。“**风云约，红柳奏曲胡杨绰**”，在飞沙走石的苍凉之地，红柳和胡杨相依而伴，展现出顽强的生命力，“**奏曲**”和“**绰**”两个颇具艺术气息的动作，一则赋予两者坦然乐观之感，地上有红柳和胡杨琴瑟和鸣，天上有风云相约而至，来赏这幅不落俗套的孤美之景，值得约赏则更显景致美妙；二则烘托出风云相约的盛况空前，红柳与胡杨乘此难得良机奏曲和起舞，不错过这一天地之间的壮举，将细节与宏大场景巧妙结合起来。

下阕将视野从西北移至中部的岭北、剑南，再至江南秦淮，纵贯南北，横跨东西，将祖国大好河山一揽入画，全方位叙说小雪时节各具特色的景致。

在“**岭北寒炉温酒酌，剑南银杏金衣落**”中，“**岭北**”（秦岭以北）对“**剑南**”（剑门关以南，在我国西南部，主要指四川），描绘出各地区在小雪时节呈现不同的景象。秦岭以北为我国北方，且在中部地区和东部地区，小雪时，北方地区气温多已降至零下，“寒”“温”两字互为反对，既可直接形容当时炉灶的冰冷与酒的温热，在冷意中调和以温热，也不失为一种美妙体验；又可做动词理解，“寒”字呈现出越来越冷的天气将房屋炉具悉数染寒的过程，“温”字则描绘出在此天寒地冻的环境下将酒水烹热、酌以暖身的动态情景，更能凸显气温寒冷。紧接着，“银”“金”二字相映成趣，名中带“银”，初冬叶黄如“金”，彰显了银杏树在初冬的华贵和韵味，故能成为西南地区秋冬季节独具特色的景致。在北方需要酌酒暖身之际，西南银杏却只把金衣脱“落”，不觉寒冷，只想与大自然更亲近，以融为一体，从而表明不同地理位置虽同处小雪时节，但当下的气温、生物生长仍是各具特色。

“月照秦淮千色跃”，是信息随时空变幻而流转的写照。月亮挂于天上千万年，俯瞰世间千万年，月无所不知亦无所不至，故而“月”在我国乃至世界本就是蕴含无穷韵味、富含千万种信息的意象。“照”是月传输信息的动态，月亮将大量错综复杂的信息汇聚，信息随月光的照耀转至秦淮河。“千色”便是秦淮河接收到无穷信息的表现，秦淮河将广阔天地间的千姿百态流于水中。“跃”是信息经由秦淮河水传递的动态，将月色与水色交相辉映成一体的信息带出水面、映入观赏秦淮月的人眼中。月之信息照至秦淮，秦淮之信息显出千色，千色信息跃入眼帘，此为信息三转的动态。“千色”亦有三层意，层层递进：一为秦淮河流丽这一南方美景，夜深时美景难以看清，幸得月光相照、河水相映，才让美好景致从点点浮光跃金中显现；二为凝聚了大漠、岭北、剑南、秦淮乃至四面八方信息的月，映入水中，跃出水面，进而信息面不断拓宽；三为悠长的历史信息，自古秦淮艳八方，水中月色韵悠长，映出中华厚重的沉淀，使得信息不断丰富。此句展现着世间万物及其间明存或暗涌的规律章法赋予的鲜活动力，也将自然信息与人间烟火联系起来，为末句作铺垫。

“**中华博，江山如画家家乐**”与“**千色跃**”互表。“**博**”既是地大物博也是博大精深，融汇自然与历史之美。从上阕的大漠飘雪到下阕的雪中温酒、金叶脱枝，皆为秦淮一揽入怀，其实都是中华幅员辽阔、底蕴深厚的体现，词中描绘的这幅百景百情图可谓“**江山如画**”。不仅自然景象美如画，“**家家乐**”这样国泰民安、百姓安居乐业的祥和之景更是如画江山，在悠悠中华历史上亦是如此。此外，“**家家乐**”营造出一种万家灯火的氛围，又与上阕的“**一缕**”烟火气形成对比，再次使自然与人文交相应和，绵延出无边的美感。

四、节气

小雪，于每年公历 11 月 22—23 日交节。《孝经纬》云：“天地积阴，温则为雨，寒则为雪。时言小者，寒未深而雪未大也。”小雪时节，寒流活跃、降水（气象上将雨、雪、雹等从天空下降到地面的水汽凝结物，都称为“降水”）渐增，降雪量也可能渐增。但小雪节气不一定会下雪，只是以“小雪”预示天气会越来越冷。

在小雪节气初，东北土壤冻结深度已达 10 厘米，俗话有云“小雪地封严”，之后大小江河陆续封冻。农谚道：“小雪雪满天，来年必丰年。”小雪预示丰年，一是下雪可冻死一些病菌和害虫，减少来年病虫害的发生；二是积雪有保暖作用，有利于土壤的有机物分解，增强土壤肥力；三是小雪落雪预示来年雨水均衡，无大旱涝。

小雪节气有腌咸菜、品尝糍粑、晒鱼干、酿小雪酒等习俗。

【雪】

从云中降落的、具有六角形白色结晶的固态降水物，是气温较低时水汽在空中直接凝华所致。空气中所含水汽、温

度等不同，形成的雪花形状也不同。

【胡杨】

杨柳目、杨柳科、杨属落叶中型天然乔木，高 10 ~ 15 米，稀灌木状。树皮淡灰褐色；萌枝细，枝内富含盐量，嘴咬有咸味；叶形多变化，卵圆形、卵圆状披针形、三角伏卵圆形或肾形；木质纤细柔软。成年树小枝泥黄色，有短绒毛或无毛。花期在 5 月，花多为紫红色；果期在 7—8 月。

胡杨是干旱大陆性气候条件下的树种，喜光、抗热、抗大气干旱、抗盐碱、抗风沙，要求沙质土壤。在水分好的条件下，寿命可达百年。在湿热的气候条件和黏重土壤上生长不良。我国的胡杨林，主要分布在新疆，多生于盆地、河谷和平原，塔里木河岸最常见。胡杨木材可供建筑、桥梁、农具、家具等用，也是很好的造纸原料。

【红柳】

即多枝柽（chēng）柳，为柽柳科—柽柳属灌木或小乔木，为温带及亚热带树种，喜光、耐旱、耐寒，亦较耐水湿。通常高 1 ~ 3 米，也有高达 6 米的。老干和老枝的树皮为暗灰色。当

年生木质化的生长枝为淡红或橙黄色，长而直伸，有分枝，枝条细瘦；第二年生枝则颜色渐变淡。5—9 月开花，开花繁密而花期长，花瓣粉红色或紫色。

生于河漫滩、河谷阶地上，在沙质和黏土质盐碱化的平原、沙丘上，每集沙成为风植沙滩。多分布于我国西藏西部、新疆、青海（柴达木）、甘肃（河西）、内蒙古（西部至临河）和宁夏（北部）。枝条可编筐用，粗枝可用作农具把柄，嫩枝叶可做羊和骆驼的饲料。

如梦令·大雪

风起贺兰山烈，云落黄河滩没。
日月隐宫中，天地浩然悲阔。
大雪，大雪，银树银花银叶。

〔元〕曹知白《群峰雪霁图》

一、咏唱

北风呼啸，挟带着包藏宇宙的气势，从贺兰山掠起，雄浑猛烈。云层厚重，伴随寒风流转，翻滚奔腾，从九天倾落于黄河滩上，淹没在迷蒙远方。

风云际会，日月退隐宫中。乾坤茫茫，寰宇上下皆白，天地悲悯，容纳万物供其生灭；有容乃大，彰显天地的广阔。

大雪成为天地间的主宰，洋洋洒洒，肆意为万物塑造新的模样，给大地裹上了厚装，也送来了润物无声的滋养。树，紧了紧身上的素装，在雪地中傲然挺立。雪花装饰了枝丫，堆积出花叶的形状，让冬日枝繁叶茂、百花齐放。

二、词牌与词谱

“如梦令”，词牌名，又名“忆仙姿”“宴桃源”“无梦令”等。

此曲本后唐庄宗制，名“忆仙姿”，周邦彦又因此词首句改名“宴桃源”。沈会宗词有“不见不见”叠句，名“不见”。张辑词有“比著梅花谁瘦”句，名“比梅”。《梅苑》词名“古记”。《鸣鹤余音》词名“无梦令”。魏泰双调词名“如意令”。苏轼用此调时改名“如梦令”，其词序云：“元丰七年十二月十八日，浴泗州雍熙塔下，戏作如梦令两阕。”

“如梦令”，共六体，正体为单调三十三字，七句五仄韵、一叠韵，以后唐庄宗李存勖（xù）《忆仙姿·曾宴桃源深洞》为例：

曾宴桃源深**洞**，一曲舞鸾歌**凤**。长记别伊时，和泪出门相**送**。如**梦**，如**梦**，残月落花烟**重**。

中仄中平中仄，中仄中平中仄。中仄仄平平，中仄中平中仄。中仄，中仄，中仄中平中仄。

宋代李清照《如梦令·昨夜雨疏风骤》：

昨夜雨疏风**骤**，浓睡不消残**酒**。试问卷帘人，却道海棠依**旧**。知**否**，知**否**？应是绿肥红**瘦**。

三、赏析

风起云落，日月隐匿，天地悲壮寥廓，而大雪恣肆，塑造银树、银花、银叶，亦真亦梦，故用词牌“如梦令”。

“风起贺兰山烈，云落黄河滩没。”贺兰山位于今内蒙古河套之西，在宁夏西北，为兵家必争之地，如“驾长车，踏破贺兰山缺”。“烈”，意为猛烈、剧烈，表现朔风肆无忌惮、狂暴猛烈；“没”，意为淹没、吞没，是对“云落”的状态描写，刻画云层难以飘动，被吞没于烈风横行的大雪天。以黄河一带冬季的景色入题，描述凛冽的寒风从贺兰山脉吹起，呼啸而过，云层厚重，接近地面，与黄河滩一同消失在大雪深处。

“日月隐宫中，天地浩然悲阔。”此句描述风云际会、日月隐迹时，大雪茫茫的壮阔景象。“隐”，即隐藏、隐退，一方面表现大雪纷纷，遮蔽天日，使日月都隐藏起来；另一方面说明日月“退位让贤”，隐于宫中，使大雪成为天地间的主宰。“浩然”，为盛大貌；“悲”，意为悲壮、悲悯，串联“烈”“没”“隐”等带有悲壮意味的字样，呼应前文风起而烈、云落而歇、日月藏踪的景象，彰显天地不拘一格、包容万物的悲悯情怀；“阔”，即广阔、壮阔，既表现风云在天地间“弄潮”的壮阔之景，又指天地胸怀广阔，容纳了这些景象。虽然不见“雪”字，但场面描写暗喻大雪此时主宰了天地，凸显漫天皆白的场景。

“大雪，大雪，银树银花银叶。”“大雪”叠用，既点明了“日月隐宫中，天地浩然悲阔”的原因，又表现雪之大，成为天地大舞台的主角。大雪飘落，与地面相接，既装饰了万物样貌，使其银装素裹，又通过在树干、枝丫上堆积叠压，拟作了花朵和树叶，使光秃秃的树木仿佛重新焕发了生机。这种生命力的体现，恰与俗语“瑞雪兆丰年”对应，隐喻万物换上冬日的银装，承接大雪的滋养，为来年的生机勃发积攒力量。

四、节气

大雪是冬季第三个节气，于公历 12 月 6—8 日交节。大雪节气是干支历子月的起始，标志着仲冬时节正式开始。节气“大雪”与气象学“大雪”意义不同，节气“大雪”指天气寒冷，降雪的可能性比小雪节气时更大，并非指降雪量一定很大。《三礼义宗》载：“大雪为节者，行于小雪为大雪。时雪转甚，故以大雪名节。”

大雪前后，民间有准备年货的习俗。“小雪腌菜，大雪腌肉”，在大雪节气，南方家庭通常腌咸货、灌香肠等，挂在屋檐或灶上横梁以保持干燥，迎接新年。

“大雪封河，小雪封山”，从小雪到大雪，气温降低，积雪增多，预兆丰年：一是保温，减少土壤热量外散；二是灌溉，积雪融化缓解春旱；三是冻死土壤和农作物表面的部分虫卵，减少病虫害的发生。

丑奴儿·冬至

金衣褪尽纤姿舞，沐浴晨风。
沐浴晨风，冬至风吹寒意浓。

根前叶积随风扫，故作从容。
故作从容，银杏无银杏亦空。

〔南宋〕马世昌《银杏翠鸟图》

一、咏唱

几经北风裁剪，华美的金衣逐渐片片剥落，留下单薄的身段，对着晨风起舞如常。银杏慢摇舞步，若沐浴风中，不忘姿态翩翩，好似悠悠闲闲。

数九寒冬至，风越来越冷，吹得银杏舞姿难展，空枝颤动，身上无衣可御寒。

金衣的层层碎片，在树脚堆叠，被阵风卷起，绕着周身旋转。没有衣衫的遮掩，也没有金银的装扮，还要装作镇定的神态，不慌不忙，不急不慢。

银杏本无银，银杏亦非杏，何必空流连。寒风继续吹，似乎留下一声轻叹。

二、词牌与词谱

词牌“丑奴儿”原为“采桑子”。词学家龙榆生在《唐宋词格律》中说，在唐教坊大曲中有《杨下采桑》，“采桑子”可能是从大曲中截取片段所成。

至于“奴儿”，据学者考证，大致在北朝口语中，以“奴”作为自称已经通行；到了隋唐，男女贵贱皆可以“奴”来谦称自己。唐代敦煌曲子词里就有“为奴吹散月边云”。五代以后，“奴”逐渐多为女子所用；清代梁章钜《称谓录》提到“妇人自称奴，盖始于宋时”。直到清代曹雪芹写《红楼梦》，探春的判词《分骨肉》也自唱道：“……奴去也，莫牵连。”如此看来，“丑奴儿”可能是伊始于歌姬自谑，而后流传开来的。

“丑奴儿”，共三体，正体共四十四字，双调，上、下阕各四句三平韵，以宋代吕本中《恨君不似江楼月》为例：

恨君不似江楼月，南北东**西**。南北东**西**，只有相随无别**离**。
中平中仄平平仄，中仄平平。中仄平平，中仄平平中仄平。
恨君却似江楼月，暂满还**亏**。暂满还**亏**，待得团圆是几**时**？
中平中仄平平仄，中仄平平。中仄平平，中仄平平中仄平？

宋代辛弃疾《丑奴儿·书博山道中壁》：

少年不识愁滋味，爱上层**楼**。爱上层**楼**，为赋新词强说**愁**。
而今识尽愁滋味，欲说还**休**。欲说还**休**，却道天凉好个**秋**。

三、赏析

形象丑陋，品位低贱者，可谓之“丑奴儿”。深冬时节，银杏金衣凋破，身形落魄，为“丑”；力不从心却端作姿态、强装场面，其“虚荣”“伪饰”之状，近似“奴”，故以“丑奴儿”戏称。

外形上，“金衣褪尽纤姿舞，沐浴晨风”。“褪”“尽”“纤”等字，描摹出一株嶙峋银杏，原本华美的金叶此时零落殆尽，只留纤瘦枝干。“舞”字一转，没有了金衣的遮覆和装饰，袒露着躯体在寒风中摇摆，做出舞动之状，并极力显示“沐浴”般舒爽闲适的样子，意图抵挡外界投来的异样眼光。

环境依然残酷，“沐浴晨风，冬至风吹寒意浓”。“冬至”，已进入寒冷至极的严冬。寒风凛冽，一波又一波，银杏踉踉跄跄，却仍掩饰着心虚，继续装作若无其事，希望他人察觉不到自己的困窘。一个“浓”字递进，显示银杏的艰难处境，“沐浴晨风”下，尽是辛酸、无助，更是徒劳。

“根前叶积随风扫，故作从容。”寒风不减，银杏本欲维持“积”叶，奈何俱被风“扫”荡。但当碎金随风扬起，飞绕在身边时，银杏壮了胆，“故作从容”起来，摆出气定神闲之态：这片片碎金，也是曾经光彩的证明，多少能给自己充点底气。

凄清的银杏继续“故作从容”，直到“银杏无银杏亦空”

将银杏揭穿。名为“银杏”①，但哪有什么银、什么杏，两手空空，一无所有，再虚张声势也难撑场面。“杏”与“信”音相近，身无一金半银相伴，失去了信用，种种姿态都白费心机。

但词意并非止于此，“丑奴儿”之称欲扬先抑：在“丑”与“奴”的外表下，是银杏骨子中的高贵。

“金衣褪尽纤姿舞，沐浴晨风。”严冬持刀剪，剥去了银杏的金衣，意图使银杏失去尊严。单薄的银杏却昂扬向上，轻展身姿，翩然起舞。银杏身浸寒风，视同“沐浴”，即便外界看来是空枝乱颤，她自己却有如处于云端而往来舒卷，尽显雍容底色。

“沐浴晨风，冬至风吹寒意浓。”寒风阵阵中，虽然冻僵的身体难以完全舒展，但银杏没有停下起舞的脚步，一如既往。“千磨万击还坚劲，任尔东西南北风”②，银杏笑傲着，内心坚韧而自由。

“根前叶积随风扫，故作从容。”风又扫起金衣的碎片，似欲再次羞辱银杏已经衣不蔽体，而银杏不为所迫。“故作从容”之“故”字，既可解释为“故意、偏要”，显示其高傲；也可

---

① 宋代欧阳修《和圣俞李侯家鸭脚子》，“鸭脚生江南，名实未相浮。绛囊因入贡，银杏贵中州”，说银杏叶形似鸭掌，“鸭脚”之名本更贴切实际，是到了宫廷才被称作银杏，从而声名显贵起来。从植物学上看，银杏树的“杏”也并非果实，而是直接发育出来的种子，种子最外层的橘黄色软皮上有白霜似银粉，因而得名“银杏”。

② 出自清代郑燮的题画诗《竹石》。

解释为“故而、于是”，从容无须多言，自来如此，本来面目。银杏安如磐石，展露风骨，更彰显高贵品性。

“**故作从容，银杏无银杏亦空**。”结尾一“**空**”字点睛。经历愈多，愈加从容沉稳、乐观练达。“静故了群动，空故纳万境”①，心静而能理解万物沉浮，空明而能接纳万事变化，金衣也好，银果也罢，本来无一物②，暂时失落又何须挂怀；而空色不异，“空”中同时蕴含着最美的“色”，吐故纳新，柳暗花明。冬至以后，白日初长，春信在大地深处萌生。待春阳来复，银杏树又将重整衣装，展开翠绿金黄！

---

① 出自宋代苏轼《送参寥师》。

② 出自唐代慧能《菩提偈》：“本来无一物，何处惹尘埃。”

四、节气

冬至，于每年公历12月21—23日交节。

《汉书》中说“冬至阳气起”，冬至在农历十一月“子月”，“子”位于地支之首，说明冬至为一年阳气的起始点。冬至这天，太阳光直射南回归线，作为“日行南至，往北复返”的转折点；冬至后，北半球的太阳高度回升，各地白昼逐日增长。

冬至是四时八节之一，被视为冬季的大节日，在民间有“冬至大如年”的说法。《嘉兴府志》记载：“冬至祀先，冠盖相贺，如元旦仪。”在南方地区，有冬至祭祖、宴饮的习俗。在北方地区，有冬至日吃饺子的习俗，俗谓“冬至不端饺子碗，冻掉耳朵没人管”。时至冬至，标志着即将进入一年中最寒冷的时节——数九寒天，如民谚说：“夏至三庚入伏，冬至逢壬数九。”①

以2022年为例，12月22日为冬至（己酉日），往后依次是23日（庚戌日）、24日（辛亥日）、25日（壬子日），所以25日交九，开始数九：12月25日—1月2日为“一九”，1月3—11日为“二九”，依此类推，3月7—15日为“九九”。其中，小寒在“二九”“三九”，大寒主体在“四九”“五九”，立春经历“五九”“六九”“七九”，雨水在“七九”“八九”，

---

① 夏至过后第三个庚日开始入伏，冬至过后第一个壬日开始数九。

惊蛰主体通常在“九九”及以后，见下表。

2022年 12月	19	20	21	22 冬至 （己酉日）	23 （庚戌日）	24 （辛亥日）	25 “一九” （壬子日）
	26	27	28	29	30	31	1
2023年 1月	2	3 “二九”	4	5 小寒	6	7	8
	9	10	11	12 “三九”	13	14	15
	16	17	18	19	20 大寒	21 “四九”	22
	23	24	25	26	27	28	29
2月	30 “五九”	31	1	2	3	4 立春	5
	6	7	8 “六九”	9	10	11	12
	13	14	15	16	17 “七九”	18	19 雨水
	20	21	22	23	24	25	26 “八九”
3月	27	28	1	2	3	4	5
	6 惊蛰	7 “九九”	8	9	10	11	12
	13	14	15				

民间有歌谣“一九二九不出手，三九四九冰上走，五九六九，沿河看柳，七九河开，八九雁来，九九加一九，耕牛遍地走”，非常贴切地描述了数九寒天中人的行为和事物的变化。

一斛珠·小寒

小寒风冽，梨花满树花如雪，梅花漫放花心悦。

大雁思归，喜鹊新巢设。

汉水风光秦岭月，秦川月照谁家阙？哪来冬夏春秋列？

腊八飘香，敬请如来[1]说。

① 意为从如实之道而来，启示真理的人，是“佛”的别名，又为释迦牟尼的十种法号之一。

〔清〕袁耀《汉宫秋月图》(局部)

一、咏唱

风声呼啸而过，隆冬之寒虽未到极致，但阵阵寒意已随朔风至，凛冽刺骨。

朔风夹带皑皑飘雪，雪花晶莹，潇潇洒洒，漫山遍野，形塑一个洁白无瑕的世界，究竟是花、树尽皆银装素裹，难辨形态，只留下满目莹白；还是白雪莹若梨花，千朵万朵压枝头？

万千花朵不耐严寒，仅有梅花露出欢颜，颗颗花心舒展，诉说着对严寒的眷恋，留下一身傲骨与烂漫。

南方天气一日更比一日寒，极寒之后春日将近，向候鸟发出返乡的信号。大雁离乡已久远，盼望回乡和繁衍；喜鹊亦满心欢喜，殷勤忙碌把枝衔，筑巢安家，守望来年。

秦山汉水风光美。秦岭之巍峨，汉江之壮阔辽远，中华大地之气韵悠长，悉有月的身影与柔情。

明月出山岗，挂天际，映川上，水天之月遥相觑，款款对视，相互交织着万千羁绊。水中月影载光阴，映照过秦汉乃至历朝历代辉煌，还映照出哪户人家，一腔柔情寄予谁？

月圆月缺千万载，悠悠历史谱春秋。春夏秋冬依律排布，四时光景各展风华，谁言万物至小寒，其美不可胜春色？又何来世间随时序更迭之色？色不异空，空不异色，种种规律，何人能洞悉？

正值腊八，民间迎佛，敬一炉香，佛香袅袅；品腊八粥，粥香四溢。佛乘如实之道而来，凡此种种，便恭请佛祖如来道明吧。

二、词牌与词谱

“一斛珠”，原唐代教坊曲名。《宋史·乐志》有《一斛夜明珠》。调名出自唐代梅妃故事：江采苹于唐代开元中被选入宫，获得唐玄宗宠幸。采苹喜梅，玄宗名之曰“梅妃”。自杨玉环入宫后，梅妃宠爱日衰。玄宗在花萼楼，会夷使至，命封珍珠一斛密赐梅妃。妃不爱，以诗付使者，曰：“为我进御前也。”其诗云：“桂叶双眉久不描，残妆和泪污红绡。长门尽日无梳洗，何必珍珠慰寂寥。”玄宗览诗，怅然不乐，令乐府配以新曲，名《一斛珠》。事见宋代无名氏《梅妃传》。“一斛”为十斗，“一斛珠”字面意思为十斗珍珠，表示珍奇之物很多。

五代南唐，李煜之作为始词。宋人晏几道以此调作四词，改调名为“醉落魄”，其体制与李词全同，为宋人常用之体。一斛珠，又名“一斛夜明珠”、“醉落魄”（取自晏几道词）、“怨春风”（取自张先词）、“醉落拓”（取自黄庭坚词）、“新念别”。

“一斛珠”，共三体，正体为双调五十七字，前后段各五句四仄韵，以宋代苏轼《一斛珠·洛城春晚》为例：

洛城春**晚**。垂杨乱掩红楼**半**。小池轻浪纹如**篆**。烛下花前，曾醉离歌**宴**。

中平中仄。中平中仄平平仄。中平中仄平平仄。仄仄平平，中仄平平仄。

自惜风流云雨**散**。关山有限情无**限**。待君重见寻芳**伴**。为说相思，目断西楼**燕**。

中仄中平平仄仄。平平中仄平平仄。仄平中仄平平仄。仄仄平平，仄仄平平仄。

宋代秦观《一斛珠·秋闺》：

碧云寥**廓**。倚阑怅望情离**索**。悲秋自怯罗衣**薄**。晓镜空悬，懒把青丝**掠**。

江山满眼今非**昨**。纷纷木叶风中**落**。别巢燕子辞帘**幕**。有意东君，故把红丝**缚**。

三、赏析

十斗珍珠谓之“一斛珠”，除却雪花晶莹如珍珠，小寒时节珍奇之物象何其多，寒风飞舞、梅花绽放、大雁思归、喜鹊筑巢、月光长照、信息恒存，皆为小寒节气之“明珠”，故用该词牌。

本词上阕以“**风**”始，状小寒之节律。“**小寒风冽**”，此处“**小寒**”有其本义，指寒气小盛、未到酷寒。小寒的风十分凛冽，正是此风铺就了这一时节的独特画卷。

梨花白，雪花亦白；梨树的花期为春季3—5月，雪常见于冬天，两者虽“花期”不同，但色泽同样纯洁。“**梨花满树花如雪**”将两者联系起来，充满巧思，字面上乍一看是春天的梨花为本体冬雪为喻，实则是冬雪做本体梨花为喻。寒风吹落白雪，白雪装点出了满树梨花，颇有“忽如一夜春风来，千树万树梨花开”之意趣。

“**梅花漫放花心悦**”，“**漫**”字可以有两解：一为无边无际，梅花①开得漫山遍野，开出一片花海，正因开得极盛才能看到花心；二为梅花开放得散漫、随意，乘着寒风逍遥游于寒冷的天地间，因此梅花心中甚是喜悦。

---

① 梅花的花期通常为1个月左右，在南方地区1—2月开放，北方地区3—4月开放，长江流域甚至从12月开到3月。

积蓄一冬的寒意终将酝酿一个暖春，那是繁衍新生命的季节。游子思乡，“大雁思归”。大雁是冬候鸟①，秋季九月左右便开始向南迁徙，经过一两个月飞到遥远的南方过冬；寒风送来春将归来的气息，大雁则思乡情切，萌动了北归的心情。大雁回到家乡繁衍后代，同样，喜鹊也为了在三四月安居繁殖后代，在小寒期间便开始衔枝筑巢②。“喜鹊新巢设”，既是描绘喜鹊筑巢这一动态的过程，也是期盼新巢做好的美好结果。另外，喜鹊在中国是吉祥的象征，以喜鹊筑巢收束上阕，蕴含着浓浓的希望。

清风向来伴明月，下阕以“月”紧承上阕的“风”，从自然景物的变迁转向亘古恒存的信息。“汉水风光秦岭月”，将时间、空间、物理与信息融为一体。在时间上“汉”与“秦”相对亦相承，秦是中国历史上第一个统一的封建王朝，汉是继秦之后又一强盛的大一统朝代。月亮见证了秦与汉的风光，更是见证了每朝每代的风光与变迁，其中有信息传承、超越时间限制之意。且秦朝都城在陕西咸阳，汉朝都城在陕西长安（今西安），“秦”又是陕西的简称，将秦汉两朝都聚集于“秦”地，

---

① 候鸟，指冬季在南方较暖地区过冬，次年春季飞往北方繁殖，幼鸟长大后正值深秋，又飞临原地区越冬，对该地区而言，这类鸟称“冬候鸟”，如鸿雁、天鹅、野鸭等。在中国长江中下游地区生活的鸟类都为冬候鸟。

② 喜鹊营巢，常历时很久，从开始衔枝到初步建成巢的外形要 2 个多月，加上内部工程全部结束，约需 4 个月。繁殖开始较早，在气候温和地区，一般在 3 月初即开始筑巢繁殖；在中国东北地区多在 3 月中下旬开始繁殖，一直持续到 5 月。

巧妙地将时间与空间联通。在地理空间上“**汉水**”与“**秦岭**”相对，一可指具体的汉江和秦岭山脉；二可指汉之水和秦之岭；三可理解为互文结构，泛指秦汉山水，不仅是整片中华大地的重要文化发祥地，更是两次隐喻泱泱中华大地。唯有月这一物理实体，能禁受时光的流转，跨越时间与空间的限制，汇集古往今来纵横万里疆域的信息，从而成为信息载体，将整句意境由实境带入虚境，并将意境贯穿至下句。

“**秦川月照谁家阙**”中，“**川**”为水，从秦时、秦地乃至更久远之际便存在的月，将蕴含的无数信息照进大川，使水中月与天上月相互掩映，信息交错。“**照谁家阙**”，水中月映出的宫阙是哪朝哪代的？明问这水中月照向何处，暗问这亘古恒存的信息又将与谁发生联系，凡见者即产生关联，见者皆有所感，便实现了信息的无穷传输、交叠与再造。

接下来又是一个问句，“**哪来冬夏春秋列**”，进一步深挖世间信息的变化规律。一则“**冬夏春秋**”可指四季，四季即一年，此为整体上的理解。二则“**冬夏**”与“**春秋**”各有所表，“**冬夏**”为一年的季节变化中最突出的两个，可代指四季，是较短的时间；“**春秋**”可指历史的长河，是悠长的岁月、已逝的信息，既与上阕的“**秦**”“**汉**”相呼应，又使意境逐渐幽深绵长。“**列**”有排布、按位序运行之意，一个“**列**”字便蕴含着对冬夏春秋、历史乃至世界运行规律的探究：四季如何排列，历史如何更迭，世界如何变化？

“腊八飘香”，小寒节气正值农历腊月初八前后，而腊八正是纪念释迦牟尼成佛的节日，所以人们于腊八迎佛，寄托美好念想。此处“飘香”，可指腊八粥之香，粥能果腹暖身；也可指行香拜佛，荡涤灵魂。“敬请如来说”，“哪来”对“如来”，“如来”有如实道来之意，这天地之间难以言明的规律、各种美好景象的来处与归处，都让自然、让无所不晓的佛祖去阐明吧！

四、节气

小寒，于公历 1 月 5—7 日交节，通常为农历腊月初八前后。冷气积久而寒，“小寒”是指尚未达到极致的寒意，即此时已进入寒冷天气，但还未到最冷的时候①。

冬天最寒冷的时节将到，春天便不会远，许多动物感受到了温暖即将到来而开始活动，《逸周书 · 时训解》② 云：“小寒之日，雁北向。又五日，鹊始巢。又五日，雉始雊（gòu）。”故小寒时节的典型征候为大雁开始向北迁移、喜鹊开始筑巢、野鸡开始鸣叫。鸟禽活动显著，期盼春暖之时繁衍生息。

小寒时节有属于该节气的独特花信。宋代《演繁露》③ 第一卷《花信风》记载：“三月花开时，风名花信风。初而泛观，则似谓此风来报花之消息耳。”从小寒一直到谷雨节气，共有 8 个节气 24 候，应花期而来的风称为“二十四番花信风”，小寒

---

① 参见元代吴澄《月令七十二候集解》：“十二月节，月初寒尚小，故云。月半则大矣。”

② 《逸周书》，原名《周书》，在性质上与《尚书》类似，是我国古代历史文献汇编。旧说《逸周书》是孔子删定《尚书》后所剩，是为“周书”的逸篇，故得名。《时训解》是其中的一篇，“时训”即关于时令的训教，该篇记载二十四节气及七十二候。

③ 《演繁露》，全书共分十六卷，后有《续演繁露》六卷，又称为《程氏演繁录》，都是由宋代程大昌所著。全书以格物致知为宗旨，记载了三代至宋朝的杂事 488 项。

一候为梅花的花信，二候为山茶花信，三候为水仙花信①。

在农事上，我国北方大部分地区田间都在歇冬，人们的主要任务是在家做好菜窖、畜舍保暖，并造肥积肥；南方地区则需给小麦、油菜等作物追施冬肥，做好防寒防冻、积肥造肥和兴修水利等工作。小寒时节有过腊八节、喝腊八粥，吃糯米饭，数着九九过寒冬等习俗。

【喜鹊】

鸟纲、雀形目、鸦科、喜鹊属留鸟，共有 10 个亚种。体长 40 ~ 50 厘米，雌雄羽色相似，头、颈、背至尾均为黑色，并自前往后可分别呈现紫色、绿蓝色、绿色等光泽，双翅黑色而在翼肩有一大形白斑，尾远较翅长，呈楔形，嘴、腿、脚纯黑色，腹面以胸为界，前黑后白。

① 参见《辞海》（第七版　缩印本）（上海辞书出版社），第 915 页，“花信风”词条。

一剪梅·大寒

翠柏青松破大寒。暗香浮动，春意微澜。
红梅吐蕊露芳颜，天籁花音，枝叶和弦。

绿竹迎宾黄菊还。墨兰闺中，秀色云端。
迎春待放水仙繁，何必迎春，自有春欢。

〔清〕恽（yùn）寿平《松竹图》（局部）

一、咏唱

柏树色苍翠，松树貌常青，在酷寒中昂扬奋发，在诸多草木凋零枯败之时仍身姿挺拔，守持一身傲骨，突破隆冬的欺压。

盈盈梅花香，悠悠飘向远方，是春天的气息在荡漾；香气翻飞激荡，宛若轻轻激起波澜，奏起“春”之交响。

寒意正盛，于傲雪红梅犹如乐园。红梅烂漫生长，俏皮地吐露花蕊，一展清丽容颜。花蕊露，花瓣展，种种花音，俱是天籁；风乍起，枝叶作响，与花音相和，奏出动人的和弦。

绿竹挺立，秀美纤细，节节分明，气质高洁，犹似谦谦君子。菊花犹盛，凌霜飘逸，不畏寒威，淡雅出尘。以绿竹迎宾便要以黄菊回礼，两者气节可相拟。

墨兰幽幽，尚在闺中待放，雅致初露，已然风神俊秀。云端早已窥得墨兰之姿，仙人袅袅婷婷，仍未及墨兰之幽雅容色。

为春报信的迎春花含苞待放，别有韵致，亦期盼春来到，进入盛期；水仙花已亭亭立于水中，花团锦簇，一派繁茂。松柏青、梅兰竹菊正盛，大寒便是其时，何必迎接春天的到来？自成春色，自有春欢。

二、词牌与词谱

“一剪梅”，又名“一枝花”“蜡前梅”“蜡梅香”“蜡梅春”“玉簟秋”“醉中”等。宋代时候，人们称一枝为“一剪”，故“一剪梅”的意思就是一枝梅花。古时候相隔两地的人往往通过赠送对方一枝梅花来表达相思，词牌“一剪梅”，即取此意而生。

“一剪梅”，共七体，正体为双调六十字，前后段各六句三平韵，以宋代周邦彦《一剪梅·一剪梅花万样娇》为例：

一剪梅花万样**娇**。斜插梅枝，略点眉**梢**。轻盈微笑舞低回，何事尊前，拍手相**招**。

中仄平平仄仄**平**。中仄平平，中仄平**平**。中平中仄仄平平，中仄平平，中仄平**平**。

夜渐寒深酒渐**消**。袖里时闻，玉钏轻**敲**。城头谁恁促残更，银漏何如，且慢明**朝**。

中仄平平中仄**平**。中仄平平，中仄平**平**。中平中仄仄平平，中仄平平，中仄平**平**。

宋代李清照《一剪梅·红藕香残玉簟（diàn）秋》：

红藕香残玉簟**秋**，轻解罗裳，独上兰**舟**。云中谁寄锦书来？雁字回时，月满西**楼**。

花自飘零水自**流**，一种相思，两处闲**愁**。此情无计可消除，才下眉头，却上心**头**。

三、赏析

一枝梅花谓之“一剪梅”，梅花是大寒时节最具代表性的花木，与“大寒”风神俱一，能够凸显大寒的独特之美，故用该词牌。

本词描绘大寒时节松、柏、梅、兰、竹、菊、迎春花和水仙等迎寒而生的植物，彰显风雪中的精灵高洁的品质。

“**翠柏青松破大寒**”中，松柏常绿，松树更被誉为“君子树”①，且松、竹、梅并称“岁寒三友”（出自元代白朴《朝中措》）。从松柏能“**破大寒**”可知，君子之质从何体现。“**破**”字用得巧妙，一可解为“穿透”“改变”“翻转”，“**大寒**”是极致的寒冷，此时许多树木凋零，而柏树、松树迎着酷寒依然苍翠，穿透了刺骨的寒意，翻转了枯败的氛围；二可解为“突破”“绽放”，柏树和松树破寒而出，尽显坚韧不拔的意志和旺盛的生命力，可谓不破不立、大破大立，展现君子风采。

突破大寒的何止松柏，梅为“雪中四友”② 之一，亦是“四君子”之首，在翠柏青松的一派生机中，“**暗香浮动，春意**

---

① 唐代李峤（qiáo）的《松》有“鹤栖君子树，风拂大夫枝”之言，宋代范仲淹的《岁寒堂三题·君子树》亦有“雅为君子材”之言。

② 清代宫梦仁《读书纪数略》所称“雪中四友”为玉梅、蜡梅、水仙和山茶，但民间盛传“雪中四友”为迎春花、水仙花、山茶花与梅花，许是谬传，又或是对迎春的肯定与褒扬。

微澜”，飘来一阵阵幽香。“浮动”一则展现了香气的运动状态，暗香的浮动是因为气温变化让空气流动，花香随着空气层层扩散开来；二则飘飘浮浮、上下摇荡的花香撩动了谁的心弦，是写下“疏影横斜水清浅，暗香浮动月黄昏”、愿意梅妻鹤子的林逋，还是春天、大自然的心弦？“微澜”是指兴起微小的波纹，正是“暗香”预示着春讯已经悄悄萌动，随着流动的风激起春意。“春意微澜”既可指大寒处于冬春之交、景象渐有春意的自然规律，亦可指梅花在严寒中潇洒自在、傲视风雪之意志，能把隆冬过成初春。

“红梅吐蕊露芳颜”，“吐蕊”是红梅盛放的动态，“露芳颜”是其盛放的结果，展现清雅秀美的容颜，此为视觉描写。“天籁花音，枝叶和弦”，此为听觉描写，兼含人耳可闻与不可闻之“声音”。梅花蓄力生长的声音、绽放的声音人耳是听不到的，但是大自然能听到，故此花音是天籁，是自然在吟唱；红梅的枝叶在风中摇曳，是在为花音伴奏和弦，此番声音人耳可闻，亦可从中感受到枝叶对花的情谊。

上阕三十言，蕴含丰富的视觉、嗅觉与听觉描写，并将红、绿两种对比鲜明的色彩凸显出来，完成了半卷多姿而立体的美景图。

“四君子”（出自明代黄凤池《梅竹兰菊四谱》）之首的梅花已登场，与其并称的兰、竹、菊也于下阕翩然而至，描绘隆冬美景图的下半卷，色彩更加绚烂。

“绿竹迎宾黄菊还”，“绿”对“黄”，是竹和菊不同的外在表征，蕴藏着同样的精神品性，均是对严寒的无惧无畏、彰显本色；“迎”对“还”，有来有往。同样不畏严寒的竹与菊，气节相当，以高贵、挺拔的绿竹迎来宾客，便需高风亮节、高雅恬淡的菊花来恭送，方显礼数周全。

“墨兰闺中，秀色云端。”墨兰常在冬末春初开花，天气寒冷开得慢，像少女一般尚在闺中，有“犹抱琵琶半遮面”的娇羞之态；墨兰花色丰富，有白色、暗紫色、黄绿色、紫褐色等，此番秀美的姿态，像云端的仙子一般，其实仙姿正是源于花之容颜，墨兰之美早已为人窥知，信息的相通便是如此。

“迎春待放水仙繁”，迎春花是经霜耐雪的花朵，常在早春二三月开放，在冬末含苞待放，有其坚守之美；在 12 月底至 1 月初这段酷寒时节，水仙可凌寒、凌波而开，并开得繁盛美丽。一个“繁”字便写尽其对酷寒的不屈。正因松柏青、红梅傲、绿竹坚、黄菊淡、墨兰幽、迎春含、水仙繁，隆冬自有隆冬之美，心志坚定便能感受大寒如春，意念中的春意甚至不输于物理上的春色，因此“何必迎春，自有春欢”。

末句“何必迎春”的“春”字并非实指春季，而是再次点明“春”为意境、为信息，与上阕“春意微澜”的隐含之意遥相呼应。

四、节气

大寒，是冬季和二十四节气中的最后一个节气，于每年公历1月20—21日交节。大寒意为“天气寒冷到极致”，根据我国长期以来的气象记录，在北方地区大寒节气并没有小寒冷，但对于南方大部分地区来说该节气是最冷的。

大寒时节，寒潮南下频繁，时常出现大范围雨雪天气。此节气期间全国各地农活依旧很少，北方地区百姓多忙于堆肥积肥以待开春，或加强牲畜的防寒、防冻措施；南方地区百姓需做好小麦及其他作物的田间管理。果树生产仍以冬季修剪和清园工作为中心。

大寒至立春这段时间，有除旧布新、制作腊味、筹备年货、祭灶、尾牙祭等习俗。

依照《演繁露》所言，大寒的二候花信为兰花，大寒交节时，兰花通常含苞待放；小寒的三候花信为水仙花，自小寒最后五日始放，于大寒时节开得正盛。大寒节气一片冰天雪地，但有“岁寒三友”——松、竹、梅依旧茂盛，不畏严寒。

【水仙】

单子叶植物纲、百合目、石蒜科、水仙属的多年生草本植物。叶宽线形，扁平，长20~40厘米，粉绿色；鳞茎卵球形，由鳞茎顶端的绿白色筒状鞘中抽出花茎（俗称“箭”），花茎几与叶等长；伞形花序有花4~8朵；花被有6裂片，卵圆形至阔椭圆形，副花冠浅杯状，淡黄色，长不及花被的一半。《本草纲目》曰：“此物宜卑湿处，不可缺水，故名水仙。金盏银台，花之状也。”水仙花期为15天至30天。

原产亚洲东部的海滨温暖地区；我国浙江、福建沿海岛屿自生，但目前各省份均有栽培。需注意鳞茎多液汁，有毒，含有石蒜碱、多花水仙碱等多种生物碱；外科用作镇痛剂，牛羊误食鳞茎，立即出现痉挛、瞳孔放大、暴泻等，不宜植于室内。

【墨兰】

又名“报岁兰”，是单子叶植物纲、微子目、兰科、兰属、建兰亚属、墨兰种地生植物，生于林下、灌木林中或溪谷旁湿润但排水良好的荫蔽处，海拔300~2000米。假鳞茎卵球形，

包藏于叶基之内；叶 3～5 枚，带形，近薄革质，暗绿色；花茎从假鳞茎基部发出，直立，较粗壮；总状花序具 10～20 朵或更多的花；花瓣近狭卵形，唇瓣近卵状长圆形，不明显 3 裂。10 月至次年 3 月可开花，一年开一次，花期长 30 天左右。花的色泽变化较大，常为暗紫色或紫褐色，也有黄绿色、桃红色或白色，一般香气较浓。

主要分布在我国安徽南部、江西南部、福建、台湾、广东、海南、广西、四川（峨眉山）、贵州西南部和云南。

【柏】

松杉纲、松杉目、柏科、柏木属常绿大乔木。通用名为“柏木”，高达 35 米，胸径 2 米；树皮淡褐灰色，裂成窄长条片；小枝细长下垂，生鳞叶的小枝扁，排成一平面。花期 3—5 月，种子第二年 5—6 月成熟。

为我国特有树种，分布很广，以四川、湖北西部、贵州栽培最多，生长旺盛，江苏南京等地也有栽培。喜生于温暖湿润的各种土壤地带，尤以在石灰岩山地钙质土中生长良好，在四川北部沿嘉陵江流域、渠江流域及其支流两岸的山地常有生长茂盛的柏木纯林。

柏木枝叶可提取/炼芳香油；树冠优美，可做庭园树种；木材可做建筑、船只、器具、家具等用材。

【松】

松柏纲、松柏目、松科、松属的常绿乔木。松树为轮状分枝，节间长，小枝比较细弱平直或略向下弯曲，针叶细长成束，树冠看起来蓬松不紧凑，“松”字正是对其树冠特征的形象描述。绝大多数是高大乔木，高 20～50 米，在东北、华北、西北、西南及华南地区高山地带组成广大森林，也是森林更新、造林的重要树种。有些种类可供采脂、提炼松节油等多种化工原料，有些种类的种子可食或供药用，有些种类可做园林绿化树种。极少数为灌木状，如偃松和地盘松。

【竹】

单子叶植物纲、禾本目、禾本科、竹属木质化植物，常呈

乔木或灌木状。竹的地上茎（竹竿）木质而中空，是从竹的地下茎成簇状生出来的；竿和各级分枝之节均可生一芽至数芽，以后芽萌发再成枝条。竹的花期不固定，一般相隔甚长（数年、数十年乃至数百年），某些种终生只有一次开花期，花期常可延续数月之久。竹笋一般长 10～30 厘米。由于竹并不经常开花，外形又非常相似，通常根据竹笋外包的箬（ruò）壳来区别分类。

竹一般生长在热带和亚热带，亚洲、拉丁美洲属种数量最多，非洲次之，北美洲和大洋洲很少，欧洲除栽培外无野生的竹类。在我国，竹的自然分布限于长江流域及其以南各省份，少数种类还可向北延伸至秦岭、汉水及黄河流域各处（秦岭以北雨量少、气温低，仅有少数矮小竹类生长）。

索 引

A

艾草 47

B

白海棠 39

柏 237

C

茶花 10

蝉 109

D

大丽花 149

丹桂 150

稻 57

杜鹃 58

F

枫 186

佛桑 83

H

含笑花 71

荷花 102

红柳 198

鸿雁 19

胡杨 198

蝴蝶 73

槐 71

J

菊 174

L

梨 31

李 84

柳树 11

芦荻 150

M

麦 72

梅 9

棉花 141

墨兰 236

牡丹 57

木芙蓉 175

Q

蔷薇 59

蜻蜓 72

S

水仙 236

松 238

T

桃 30

W

蛙 85

豌豆尖儿 19

蚊 121

X

喜鹊 227

杏 30

雪 197

Y

银杏 186

莺 85

樱花 39

迎春花 10

油菜 19

玉兰 11

鸢尾花 84

月季 59

Z

竹 238